CW00749765

Jean-Paul Dubois est né en 1950 à Toulouse où il vit actuellement. Journaliste, il commence par écrire des chroniques sportives dans *Sud-Ouest*. Après la justice et le cinéma au *Matin de Paris*, il devient grand reporter en 1984 pour *Le Nouvel Observateur*. Il examine au scalpel les États-Unis et livre des chroniques qui seront publiées dans *L'Amérique m'inquiète* (1996) et *Jusque-là tout allait bien en Amérique* (2002). Écrivain, Jean-Paul Dubois a publié de nombreux romans (*Je pense à autre chose*, *Si ce livre pouvait me rapprocher de toi*). Il a obtenu le prix France Télévisions pour *Kennedy et moi* (1996), le prix Femina et le prix du roman Fnac pour *Une vie française* (2004) ainsi que le prix Alexandre-Vialatte pour *Le Cas Sneijder* (2012). En 2019, Jean-Paul Dubois a reçu le prix Goncourt pour *Tous les hommes n'habitent pas le monde de la même façon*.

Jean-Paul Dubois

UNE ANNÉE SOUS SILENCE

ROMAN

Éditions de l'Olivier

La première édition de cet ouvrage
a paru chez Robert Laffont en 1992.

TEXTE INTÉGRAL

ISBN 978-2-02-083841-2

(ISBN 2-221-07368-1, 1re publication)

À Geneviève

Je voudrais dire ici toute ma gratitude
à Jean-Baptiste Harang, David Lagache
et Michel Maheux qui, depuis si longtemps,
m'accordent leur amitié.

« Elle est assise là et elle attend, en se tapotant les cheveux du bout des doigts. Elle attend quoi ? Ça, je voudrais bien le savoir. On est en août. Je sens que ma vie va changer. »

Raymond CARVER

Un

La nuit, ma femme me regarde dormir. Elle m'observe avec une telle insistance que cela finit par m'éveiller. Mais je ne bouge pas, j'ouvre seulement les yeux.

Dans mon dos, je ressens sa présence comme une courbature. Parfois elle crisse des dents pendant de longues minutes. Il me semble alors que l'on me racle les os. D'autres fois, elle allume une cigarette et recrache la fumée dans ma direction. Je cesse de respirer le temps que le nuage se dissipe. Un peu avant l'aube, elle s'assoit sur le rebord du lit pour s'enduire les mains, le visage et le cou d'une crème grasse malodorante tandis que je demeure dans ma posture de gisant. Pendant que ses doigts badigeonnent ses paupières, les miennes demeurent closes. Lorsqu'elle se recouche, je souhaite que la mort la prenne ainsi, gluante et puante. J'ignore combien de temps nous pourrons encore vivre de cette façon et supporter qu'en nous la haine se substitue au sommeil.

Cela fait plus d'un mois qu'Anna m'appelle tous les jours à mon bureau. Lorsque je décroche le téléphone, je n'entends que le bruit de sa respiration sifflante, le souffle encombré de ses bronches gorgées de nicotine. Nous n'échangeons pas une parole, jusqu'à ce que l'un de nous raccroche. Je subis ce jeu malgré moi. Aujourd'hui, j'en suis le prisonnier. Au début de la semaine, un soir, Anna est rentrée tard. La maison était vide et cliniquement propre. Mon couvert était dressé sur la grande table de la salle à manger et une enveloppe vierge déposée près de mon assiette. À l'intérieur, il y avait un mot écrit par ma femme : « Tu mourras avant moi. » J'ai lu ça, je me suis assis sur la chaise et, dans la pénombre, j'ai longuement caressé le dos de ma fourchette.

Notre dernier rapport sexuel remonte à dix-sept jours. Il s'est déroulé dans la buanderie. J'étais occupé à repasser du linge quand Anna est entrée dans la pièce et, sans un mot, m'a embrassé. Sa salive, imprégnée de tabac, avait un goût aigre, et sa langue râpeuse, qui giflait mes lèvres, me faisait penser à de la peau de lézard. Je mesure parfaitement ce que je dis et, aujourd'hui encore, en repensant à ces moments, j'ai la conviction que, derrière ce simulacre d'affection, ma femme, ce soir-là, d'une certaine façon, m'a craché dans la bouche. Ensuite, après avoir défait mon pantalon avec des gestes brusques, elle me manipula brièvement. Tout le temps de notre accouplement, elle me maintint à distance, repoussant sèchement le contact de mes mains, gardant ses yeux clos et murmurant par deux fois : « Tu n'es pas là. Tu n'es pas là. » Quand elle quitta la pièce, mes jambes, maigres et nues, tremblaient comme après un effort violent. Avant de reprendre mon repassage, je me lavai les dents et bus un grand verre d'eau.

Je ne sais plus quoi faire. À plusieurs reprises j'ai tenté de comprendre ma femme, de lui parler. Je n'ai pas obtenu de réponse. Alors, je me suis tu. Anna, qui ne travaille pas, quitte la maison tous les matins et ne revient qu'à la nuit tombée. J'ignore ce qu'elle fait de ses journées. Au début, j'ai pensé qu'elle voyait un homme, mais j'ai écarté cette hypothèse, tant elle néglige son apparence physique. En quelques semaines, ma femme est devenue laide. Elle a forci, ses traits se sont marqués, tout maquillage, tout artifice de séduction a disparu, au point qu'elle finit par ressembler à ces héroïnes catholiques poitrinaires, malades de leur foi. Ces derniers temps, j'ai croisé Anna en ville. Elle ne m'a pas vu ou a fait semblant de ne pas me voir. Une fois, il m'est même arrivé de la suivre pendant plus d'une heure. Elle marchait sans but et fumait cigarette sur cigarette. Rien ni personne ne captait son attention, seules ses jambes semblaient vivre.

La semaine dernière, il s'est produit quelque chose d'encore plus troublant. Tracassé par ces événements, je suis allé rendre visite à un ami médecin, Abel Marcus, qui m'a proposé d'amener ma femme à son cabinet. Je lui ai expliqué que, compte tenu de l'état de mes relations avec Anna, cela était impossible, mais que, en revanche, s'il venait dîner chez nous, il aurait tout loisir d'observer son comportement. Abel accepta une invitation pour le soir même. Lorsque je rentrai à la maison, il était déjà installé au salon avec Anna, un verre à la main. En les voyant détendus, bavardant les jambes croisées, j'éprouvai un malaise indéfinissable.

– Tu aurais au moins pu me donner un coup de fil pour me prévenir qu'Abel dînait avec nous.

Le ton était léger, presque affectueux. Je ne répondis rien et me précipitai à la salle de bains pour me passer de l'eau sur le visage et humecter ma bouche. Ma femme m'avait parlé, elle m'avait même souri. Quand je revins au salon, Anna se tenait debout contre la cheminée, les épaules dénudées et bien droites, riant à une plaisanterie de Marcus. Elle portait une jolie robe noire de jersey et de printanières chaussures bicolores que je ne lui connaissais pas. Ses cheveux soignés et tirés en arrière retombaient en bruine sur son front. Elle était superbe, elle parlait, elle riait. J'étais incapable de comprendre ce qui se passait, je me sentais ridicule, étranger à cette maison, à cette conversation, à toute cette vie qui m'entourait subitement.

– Abel, vous rajeunissez. Puis, à mon endroit, elle ajouta : Il est en bien meilleure forme que toi.

Bêtement, comme un homme fier de montrer ses dents à une femme, Marcus éclata de rire. Pour se faire pardonner, avec la gaucherie d'une épouse de pasteur, Anna vint m'embrasser dans le cou. Je ne pus m'empêcher d'avoir un mouvement de recul.

Le dîner fut pour moi un vrai calvaire. Ma femme monopolisa la parole, tandis que Marcus, depuis longtemps convaincu de l'inanité de sa mission, s'abandonnait à la voix chaude d'Anna. Leurs paroles me semblaient lointaines et leur discussion aussi artificielle que des propos enregistrés. Je les entendais évoquer des souvenirs de vacances aux sports d'hiver, critiquer le service après-vente de Toyota, tandis qu'en moi quelqu'un répétait : « Tu n'es pas là. Tu n'es pas là. » Vers minuit, je raccompagnai Marcus jusqu'à sa voiture.

– Tu as tort de t'alarmer, dit-il, Anna est en pleine

forme. Vraiment. Toi, en revanche, tu n'as pratiquement pas desserré les dents de la soirée.

Il me regardait d'un air amical mais vaguement supérieur. Je lisais dans ses yeux que je n'étais qu'un de ces innombrables types fondamentalement ternes et communs avec lesquels les femmes finissent toujours par s'ennuyer. Je lisais aussi qu'un jour ou l'autre il baiserait Anna. Elle lui avait fait comprendre qu'elle n'était pas contre. Elle avait envie de se distraire, et je vieillissais. En attendant, comme elle me l'avait allusivement conseillé, je n'avais qu'à prendre un peu d'exercice.

Avant de rentrer je passai au garage prendre une bâche afin de couvrir la tondeuse à gazon que j'avais laissée dans le jardin. Cette machine capricieuse n'aimait pas l'humidité de la nuit, et si l'on négligeait de l'abriter, elle refusait de démarrer le lendemain. L'opération me prit à peine quelques minutes. Lorsque je revins à la maison, toutes les lumières étaient éteintes. J'appelai Anna mais n'obtins pas de réponse. J'allai à l'étage et découvris ma femme assise sur une chaise, regardant dehors par la fenêtre.

Lorsque j'entrai, elle pivota pour écraser sa cigarette dans un cendrier posé sur le guéridon. Dans la pénombre, je vis qu'elle avait enlevé sa robe, enfilé son vieux peignoir, qu'elle s'était démaquillée et que ses cheveux relâchés s'emmêlaient en désordre. Elle observait la rue. Elle était redevenue laide et silencieuse. Sans faire la moindre remarque, je me déshabillai et me couchai. Sitôt que je fus allongé, elle se tourna vers moi et me fixa.

Le lendemain, au bureau, dans mon courrier, il y avait une lettre d'Anna. Elle n'était ni datée ni signée, et disait ceci : « Les deux enfants que tu as élevés ne sont pas les tiens. Tu n'as jamais été capable de me mettre enceinte. Mark est le vrai père de Thomas, et Cooper, celui de Charles. Ces deux hommes ont été mes amants et m'ont pénétrée jusqu'à ce que mon ventre craque. C'est ainsi que l'on procrée. »

J'éprouvai soudain le désir violent de parler à mes fils, d'entendre leur voix, de leur dire qu'ils me manquaient et combien je les aimais. Mais je n'osais pas les appeler de peur de ne pouvoir taire les révélations d'Anna. Curieusement, il m'était indifférent de savoir si j'étais leur véritable géniteur ou si, au contraire, ils devaient la vie à deux types sympathiques pourvus de robustes organes. Il y avait plus de vingt ans que je n'avais pas eu de nouvelles de Mark et Cooper. Le premier était parti s'installer à Londres et le second habitait, je crois, dans le nord de la Californie. C'est vrai que nous avions été très proches et que ma femme les aimait bien tous les deux. Mark et Cooper. Si Anna disait vrai, je bénissais ces deux hommes, où qu'ils se trouvent, pour m'avoir donné deux enfants.

Ce soir, après tant d'humiliations, tant de nuits et de journées éprouvantes, j'ai décidé de ne pas retourner chez moi, de dîner en ville et de prendre une chambre dans un motel pour essayer de trouver un peu de repos.

Je roule dans une avenue bordée d'érables. Je suis assis dans ma voiture, la vitre est baissée, je conduis d'une main, l'autre étant appuyée sur l'arête du déflecteur légèrement entrouvert. Je songe que je suis né dans cette ville et que je n'y connais presque personne. Mes fils se sont installés dans le Nord, mes parents sont morts et j'éprouve davantage d'affection pour ma tondeuse à gazon que pour la plupart de mes actuelles relations. Mon travail dans une société de génie civil me rapporte un salaire décent, je n'ai ni projet ni crédit en cours. À quarante-huit ans, je suis prêt à partir. Il y a bien longtemps, des années, que je ne suis pas allé seul dans un restaurant.

Le motel s'appelle Laguna. La fenêtre de la chambre donne sur la piste d'un aéroclub désaffecté dont il ne subsiste que quelques hangars de tôle. Il y a un grand lit au milieu de la pièce. Je n'ai pas dîné, le courage m'a manqué. Je suis assis sur le rebord du lit. J'ai du mal à me faire à l'idée que je vais devoir dormir là. Je me demande ce qu'Anna pense de mon absence.

Peut-être ne s'en est-elle même pas aperçue. Peut-être a-t-elle téléphoné à Abel pour lui dire que depuis un certain temps je n'étais plus le même, qu'il lui semblait que je perdais pied, qu'il m'arrivait de découcher, comme ce soir, qu'elle se sentait de plus en plus seule, qu'elle avait eu plaisir à le revoir lors du dîner, que, grâce à lui, elle avait passé un excellent moment, qu'elle le trouvait séduisant, plein de vie et de charme, et qu'à l'occasion, pourquoi pas, ils pourraient sortir boire un verre ensemble. Les draps sont propres, mais la trame du coton, grossier et grumeleux, est désagréable. Je dors nu et je suis très sensible à la texture des tissus. L'oreiller est trop plat. Je suis au milieu du lit, je fixe le plafond, je pense à mes fils. Je pense aussi que je n'aimerais pas que l'on me découvre ici, mort d'une attaque cardiaque. Je ferme les yeux mais le sommeil me fuit. D'une certaine façon la présence d'Anna me manque, et, privé de la violence de son regard, mon dos a froid.

J'ai soudain peur de mourir seul, à deux pas d'un aéroclub. J'ignore ce qui provoque cette angoisse. Mais je sais que si mon cœur devait lâcher, je préférerais que cela survienne chez moi.

Il est deux heures du matin. Je me lève. Il m'est impossible de demeurer ici une minute de plus. Je m'habille et je descends. Le gardien me regarde sortir sans poser la moindre question. La note a été réglée d'avance.

J'ai toujours aimé les cadrans verts de ma voiture. Ils me rappellent l'époque où j'avais une conception kilométrique et nocturne de l'existence. Je roulais avec une fille, la nuit, et j'étais convaincu qu'il ne pouvait rien nous arriver de mal puisque tous ces compteurs veillaient sur nous.

Je suis garé devant la maison. Toutes les lumières sont éteintes. C'est l'époque de l'année où les oiseaux chantent même la nuit, où les gens seuls dorment mal. Il m'est déjà arrivé de rentrer aussi tard à la maison, mais pour de tout autres raisons. À l'époque, je pensais sans arrêt à une autre femme que la mienne, je la voyais aussi souvent que possible et je supportais mal de devoir mentir à Anna. Avec le recul du temps, mes scrupules conjugaux me paraissent dérisoires. tout autant, d'ailleurs, que mes contorsions adultérines pour m'approcher du bonheur.

Le salon est vide. Il n'y a personne au rez-de-chaussée. Je monte l'escalier en songeant qu'Abel Marcus occupe peut-être déjà ma place.

Anna dort. Elle est allongée sur le lit, le dos tourné vers la fenêtre. Le cartilage de l'une de ses oreilles perce entre ses cheveux. Je me déshabille en silence. Nu devant la croisée, je vois la tondeuse à gazon au milieu de la pelouse. Mes pieds sont bien à plat sur le parquet. Je n'ai pas froid. Je prends une cigarette dans le sac d'Anna, je l'allume, je m'assieds sur la chaise et, dans la pénombre, entouré par le chant des oiseaux, je regarde ma femme dormir.

Deux

Il neige et je marche. Les flocons effleurent mon visage et dansent sous les lampadaires comme des lucioles. La chaleur du bar que je viens de quitter enveloppe mon manteau qui porte encore dans ses fibres les odeurs mélangées de l'alcool et du tabac. J'avance dans cet air glacé, calme, rassuré, insouciant. J'ai le sentiment qu'en moi la vie rougeoie, que je la porte à incandescence et que, d'une certaine manière, je la consume trop vite.

Je remonte mon col, pince mon nez afin d'en assécher les ailes et hausse les épaules pour ajuster une dernière fois mon pardessus. Les voitures roulent à une allure ridiculement faible. Les conducteurs, crispés à leur volant comme des haltérophiles à leur barre, semblent terrifiés à l'idée de déraper sur la fine pellicule qui s'est amassée sur la chaussée. Leurs yeux scrutent la route et se raccrochent aux quelques plaques de goudron encore visibles.

Dans le halo des réverbères, avec ma forte stature parmi les flocons, je ressemble à un apiculteur en train de se frayer un chemin à travers un nuage d'abeilles blanches. Les essuie-glaces de ma vieille Volkswagen ont bien du mal à dégager la neige qui s'est accumulée sur le pare-brise. Le moteur, après quelques hésitations, adopte un régime régulier et résonne dans l'habitacle comme un groupe électrogène au cœur d'un atelier. En ce soir de Noël, dans cette voiture à l'arrêt, les mains posées sur le volant, moi, Paul Miller, avec un panier de provisions posé à la place du mort, je pense au suicide d'Anna, ma femme. J'ai arrêté de fumer le jour de son enterrement. J'ai bien l'intention de me remettre bientôt au tabac.

De la buée se dépose à l'intérieur des vitres et obstrue peu à peu la vision que j'ai de la rue. J'ai tout à coup l'impression d'être assis en lisière de la vie, de n'en faire presque plus partie. J'essuie le pare-brise et le monde redevient proche et visible. Il est loin de m'appartenir, mais au moins ai-je le sentiment d'en être redevenu locataire.

Sur le chemin de la maison, je m'arrête dans une station-service pour prendre de l'essence. La piste est mal entretenue, et les néons, à l'intérieur des enseignes, émettent une lumière tremblotante. Le pompiste a un visage fatigué. Sa peau, jusqu'au fond de ses pores, semble desséchée par les émanations du pétrole. Son visage desquame comme une vieille toile cirée craquelée. Il dit que la compagnie l'oblige à rester ouvert durant la nuit de Noël, que sa femme l'attend, seule, chez lui, que ses enfants sont éparpillés dans le pays et ne reviennent jamais pour les fêtes. Il n'aime pas travailler le soir. Les phares qui surgissent dans le noir l'inquiètent. Sa bouche est ridée, pareille à de la terre sèche. Sa voix est sans inflexion, neutre comme celle d'un homme dont la femme dort devant la télévision pendant que ses enfants, très loin, il l'espère, font pour le mieux. Sa main ourlée d'huile et gonflée par le travail fouille dans sa recette de Noël et tente à coups de chiffon distraits de préserver la dignité d'une enseigne qui n'a même plus la force de clignoter.

Dehors, dans l'air glacé, chacune de mes respirations s'élève vers le ciel comme une prière fumante.

La Volkswagen stoppe devant la maison. La neige souligne les arêtes du toit, mais au-dessous, tapi dans le noir, le corps du bâtiment fait penser à une vieille carcasse de chien. Une voiture passe dans la rue. Je fixe ses feux arrière jusqu'à ce que le rideau de neige les avale.

Je vis dans un deux-pièces à l'intérieur d'une grande et vieille maison que le propriétaire a fragmentée en studios. Je réside au rez-de-chaussée, ce qui me permettra, aux beaux jours, d'avoir un accès direct sur le jardin. Ce soir, il n'y a aucun bruit à l'étage. Les autres locataires, tous célibataires, dînent en ville ou en famille. J'allume un feu dans la vétuste cheminée de marbre gris, et en attendant que la chaleur rayonne, j'essaye de me remémorer la tête du pompiste. Je ne parviens qu'à retrouver la texture de sa peau brûlée par les hydrocarbures. Tout le reste, les traits, les contours flottent comme une image molle, un visage sans os.

Il est onze heures. Dans mon souvenir, j'entends souvent la voix de ma femme. Ce n'est pas une sensation très agréable. Je me poste devant la fenêtre et, les yeux fermés, murmure très vite : « Tu n'es pas là, tu n'es pas là. » Alors les mots d'Anna, qui viennent de si loin, se détachent de moi, deviennent indistincts, puis disparaissent sous la neige.

Mes enfants vivent dans le nord du pays. Le Nord est pour moi une contrée aussi inhospitalière que la Lune. Les hivers y sont rudes et les printemps instables. Je ressens le Nord comme une terre barbare, un avatar du Moyen Âge. La dernière fois que j'ai revu Thomas et Charles, c'était lors de l'enterrement de leur mère. Si nous nous rencontrions aujourd'hui, je suis certain qu'ils éprouveraient de la difficulté à me reconnaître. J'ai laissé pousser mes cheveux, mes traits se sont creusés, je n'ai pas pris de poids, mais ma silhouette a vieilli, s'est affaissée. Depuis six mois, mes enfants n'ont jamais fait le voyage jusqu'à moi et je ne l'ai pas fait non plus jusqu'à eux. Nous nous entretenons au téléphone, mais nos échanges sont assez distants et conventionnels. Nos conversations servent à maintenir une sorte de contact. On dirait que, depuis la disparition d'Anna, nos rapports se sont gelés, que notre affection s'est raidie. Même pendant les vacances, il n'a pas été question de nous rencontrer. J'explique cela par le fait que les enfants me tiennent pour responsable de la fin de leur mère. Cela m'est égal. Les choses se font en dehors de notre volonté. Je me suis peu à peu engagé dans une sorte de lente dérive vers l'indifférence.

Ma solitude ne me préoccupe plus. Il m'a fallu quelque temps pour m'accommoder de moi-même, mais, par la suite, j'ai appris à m'accepter et à me suffire. Depuis que je vis seul, le temps n'a plus la même consistance, ne s'écoule plus de la même façon. Il me paraît plus fluide, plus vide aussi, chaque heure valant la précédente et lui ressemblant. Les moments forts ou intenses ont disparu. J'ai l'impression de glisser vers le silence de la terre sur une pente de faible déclivité. Je n'ai plus d'emploi régulier, plus d'économies, plus de couverture sociale. Je ne sais pas comment cela finira.

Je regarde la neige s'amonceler au-dehors. Je ne pense pas en avoir jamais vu autant. La couche atteint une quarantaine de centimètres. Un tel événement, au bord de l'Océan, est extrêmement rare.

Je pense à ma maison. ? l'heure qu'il est, avec ses toits de faible pente, elle doit souffrir et s'arc-bouter pour supporter le poids inaccoutumé de tous ses cristaux accumulés. Je n'oublie pas ma maison et la blessure qu'elle a subie lorsque Anna a tenté de l'entraîner dans la mort avec elle. La nuit où cela s'est produit je suis rentré chez moi très tard. La rue était encombrée de monde, et, de loin, j'ai vu d'immenses flammes grimper vers la cime des arbres du jardin. Alors, j'ai couru. Les pompiers s'affairaient autour de la bâtisse. Instantanément, j'ai compris qu'il ne s'agissait pas d'un accident. Derrière les baies incandescentes, Anna, torche haineuse, inaccessible jusqu'au bout, a hurlé un instant dans le cœur du brasier, puis on n'a plus entendu que l'horrible bruit de l'incendie. Poutre après poutre, il détruisait ma maison. À ce moment-là, j'aurais donné toutes les cendres d'Anna pour sauver un seul madrier. Cette maison, je l'avais construite de mes mains et agrandie au fur et à mesure de la naissance des enfants. Elle exprimait ma façon de voir le monde, de m'en préserver aussi. Elle abritait une famille. Elle n'avait pas de prix.

Après le sinistre, à demi consumée, je l'ai vendue pour presque rien à un jeune couple fortuné qui l'a fait restaurer à l'identique. Alors, quand il pleut ou qu'il fait froid, je pense à elle. Et je prie pour qu'elle tienne le coup. J'éprouve aussi une certaine forme de haine pour ses occupants. Quels qu'ils soient, quoi qu'ils pensent ou fassent, ils demeurent pour moi des usurpateurs. Les maisons appartiennent à ceux qui les élèvent.

Le sommeil ne vient pas. Il est à peine onze heures. Je n'ai plus aucun livre à lire et pas assez d'argent pour en acheter. Dans ma nouvelle vie, la littérature passe après bien d'autres ingrédients de première nécessité. Je touche le téléphone, mais je n'ai personne à appeler. Depuis la mort d'Anna, je n'ai plus de relations suivies avec quiconque. Lorsque je me retrouve seul, il m'arrive encore de la revoir, vivante, debout devant la cheminée du salon, les bras croisés sous ses seins, parlant à s'en écorcher la langue tandis que le soleil magnifiait la blondeur des lames du parquet et qu'au loin bourdonnait une tondeuse à gazon. C'est étonnant aujourd'hui encore comme ce bruit me semble présent, proche, familier. Chaque fois que j'en perçois un similaire, immédiatement, je l'associe à la silhouette d'Anna diluée dans le contre-jour.

J'avais un chien. Il a suivi ma femme. À l'époque il avait onze ou douze ans. Il est resté dans l'incendie. Anna l'avait attaché à un meuble pour qu'il périsse près d'elle. Elle l'avait attaché avec une chaîne pour qu'il ne puisse pas s'échapper. On l'a retrouvé près d'elle. Ma femme était folle. Je n'ai pas une grande affection pour les animaux domestiques. Je pense qu'ils se sont fourvoyés en acceptant de partager la vie des hommes. Souvent il m'est arrivé de retrousser les babines de mon chien pour détailler sa dentition, observer ses mâchoires. J'étais à chaque fois saisi d'admiration devant ces machines à mordre, à inciser et à broyer. Comment, avec une morphologie portant la marque de tant de violence, tant de haine, la race a-t-elle pu s'affadir au point de lécher les doigts de ses contempteurs. Peut-être au fond y trouve-t-elle son compte.

Quelqu'un monte l'escalier. Je reconnais le bruit aigu des talons de Mlle Emma Niemi, une jeune femme d'origine finlandaise qui vit dans l'appartement situé au-dessus du mien. Son voisin de palier s'appelle Giancarlo Trapatoni, un homme déplaisant et méfiant qui, après vingt heures, refuserait d'ouvrir la porte à sa propre mère et passe son temps à converser en italien avec ses deux canaris, deux misérables oiseaux abrutis par la captivité, l'excès de nourriture et leur rituel monomaniaque autour d'un os de seiche. Au rez-de-chaussée, en vis-à-vis de mon deux-pièces, habite un vieux médecin à la retraite, le docteur Benson qui ne cesse d'aller et venir à toute heure avec sa mallette comme s'il était encore en activité. Parfois il me plairait de savoir ce que ces locataires pensent de moi, de ce voisin qui n'a pas vraiment d'heure, qui peut rester chez lui des journées durant et laisser pousser sa barbe sans rendre de compte à quiconque, ce voisin qui ne reçoit jamais, qui produit peu d'ordures ménagères et roule dans un véhicule hors d'âge. J'aimerais dire à ces gens qu'il n'y a pas si longtemps j'avais une famille, un travail qui suffisait à la faire vivre, des moments d'exaltation qui me donnaient foi en l'espérance, une tondeuse à gazon Brigg et Straton à lanceur manuel et une décapotable au volant de laquelle je longeais l'Océan pendant des heures.

Emma Niemi va d'une pièce à l'autre. Elle semble très affairée. J'entends le claquement de ses talons sur le parquet. J'aime qu'une femme conserve ses chaussures de ville quand elle rentre chez elle. Rien n'est plus démoralisant que des chaussons d'appartement ou plus ridicule qu'une paire de mules. Je sais bien que cela peut offrir un certain confort, mais je ne suis pas pour ce genre de bien-être. Il est hors de question que la mort puisse me surprendre un jour en charentaises. Depuis mon enfance, j'ai toujours refusé de porter cet article. Tout comme le pyjama, d'ailleurs. Non, si la mort doit me saisir, ce sera vêtu de pied en cap, prêt à sortir.

Mlle Niemi a une dizaine d'années de moins que moi. Je ne l'ai jamais vue porter un pantalon, ce qui est rare pour une personne de cette génération. Je la croise souvent. À plusieurs reprises nous avons bavardé dans l'entrée ou le couloir. Elle est géomètre-expert dans un cabinet immobilier. Je ne sais pas au juste en quoi consiste son travail, mais je ne la voyais pas exercer une discipline aussi rigoureuse. Avec son physique généreux, elle représente, à mes yeux, l'archétype de la bio-cosméticienne comblée, de la parfumeuse épanouie. Je dis cela sans aucune méchanceté. Bien qu'elle soit fort séduisante, je ne connais pas d'ami à Mlle Niemi. En tout cas, s'il en existe un, il n'est pas reçu chez elle. Pour tout savoir d'une femme, rien ne vaut les confidences d'un vieux plancher. C'est vrai que ma voisine est attirante. En outre, elle serait pour moi une maîtresse idéale. Quoi qu'il arrive, il y aurait entre nous un étage, ce qui est bien peu dans les moments d'attraction mais demeure largement suffisant pour préserver la distance quand la lassitude s'installe. Il m'est difficile d'imaginer Emma Niemi, nue, dans un lit, avec moi. J'ai du mal à la désirer dans cette situation. Je ne la convoite que vêtue et chaussée, telle qu'elle m'est toujours apparue dans le couloir, telle que la mort pourrait la prendre sans qu'elle ait à rougir de son accoutrement.

Maintenant elle écoute de la musique. Bien que le niveau du son soit très faible, je reconnais un morceau qu'elle semble préférer à tout autre. Peut-être vit-elle aussi des moments difficiles, des journées semblables aux miennes, ternes comme les perles d'un vieux collier et liées les unes aux autres par le cordon des nuits. Pourtant son corps, tant il est plein de vie, de formes et de chair, ne semble laisser aucune prise à la mélancolie. On l'imagine plus facilement raidi sous les spasmes d'un orgasme qu'affalé et en proie à la neurasthénie. Emma Niemi est une femme que je crois douée pour la vie. C'est d'ailleurs ce qui m'intimide et m'attire chez elle. Quelle est sa conception de la sexualité ? Comment réagirait-elle si je sonnais maintenant à sa porte, nu, silencieux, avec ma queue raidie ? Peu de femmes sont capables de faire face à une pareille situation. Je veux dire calmement. La plupart du temps, les choses prennent vite un tour scandaleux. Pourtant, si je me présentais ainsi devant ma voisine, sans rien dissimuler de mon désir, il ne me semble pas que je commettrais un acte outrageant. Et je comprendrais qu'elle m'éconduise ou qu'au contraire elle introduise mon sexe dans sa bouche. A-t-elle oui ou non envie de faire usage de ce corps qui se propose à elle ? Il n'a rien de remarquable. Simplement il vit. Il fonctionne. Il est parfois capable de simuler le plaisir et de remercier avant de partir. Mais remercier de quoi ? D'avoir rendu une paire d'heures plus supportables et d'être libéré de ses humeurs ? Les sentiments sont un luxe de nantis. Dans ma position actuelle, il m'est difficile d'en éprouver. Le voudrais-je que je ne le pourrais pas. Les sentiments sont une abstraction, et je suis trop sevré de la sueur des sens, de la moiteur des peaux pour me satisfaire du seul repas des âmes. Ce soir, mon érection est le seul langage que je puisse tenir à Emma Niemi. Elle exprime tout ce dont mon être est capable, tout ce qu'il peut offrir. Je comprends parfaitement que ma voisine soit dans une disposition d'esprit différente, qu'elle ait une perception plus civilisée des rapports humains. Mais alors, pourquoi est-elle si souvent seule dans son appartement et qu'est-ce qui l'empêche d'exulter parmi les siens ? Le dégoût du monde est une sensation plus partagée qu'on ne le croit. Il suffit parfois de peu de choses pour qu'un conjuré silencieux se révèle. Par exemple, que quelqu'un sonne à sa porte, nu, la nuit de Noël.

Je me lève et me place devant la glace. J'imagine ce corps sans vêtements, voûté par trop de négligences, saisi par le froid du palier, éclairé jusque dans ses disgrâces par la lumière des communs et je me sens aussi vulnérable qu'à l'instant de ma naissance. À la représentation de cette scène, mes testicules se rétractent comme pour se désolidariser de mon projet, exprimer leur refus de figurer dans un tel tableau. Une légère transpiration due à l'angoisse et peut-être aussi à l'excitation se dépose sur ma lèvre supérieure. En cet instant, perdu dans ma confusion mentale et le trouble de mes idées, je me sens à la fois exclu de la vie et très proche de la réalité.

Le fait que je me pose toutes ces questions me donne à penser que je ne monterai pas, que je ne sonnerai pas, que je resterai ici, chez moi, vêtu chaudement, hésitant entre le fauteuil et les draps jusqu'au lever du jour. Pourtant le désir que j'éprouve pour cette femme est encore tangible, et les idées que j'ai remuées jusqu'ici n'ont eu pour conséquence que de le renforcer. Bien sûr, je pourrais moi-même calmer mon envie, mais cela réglerait définitivement la question de savoir si oui ou non je gravis les marches de l'escalier. Et je ne le veux pas. Je préfère attendre, réfléchir, supputer. Avec l'espoir de trouver la force qui me manque. Il me reste tout au plus une demi-heure pour me décider, car, ensuite, Emma Niemi dormira. J'ai toujours considéré le sommeil, et bien plus pour les autres que pour moi, comme une période sacrée, la seule propriété qui fût réellement privée. Rien ne justifie jamais que l'on extirpe quelqu'un de cet instant de paix. En vingt ans de mariage, j'ai toujours respecté cette règle. Anna était une dormeuse admirable. Elle avait cette capacité magique de sombrer en quelques secondes. Les soucis, le bruit, la lumière d'une lampe, rien n'altérait cette disposition. Quand elle avait fermé les yeux, je savais que tout m'était permis, que la maison m'appartenait en propre et que je pouvais user de ce territoire comme bon me semblait. Je n'exagère pas en disant qu'il m'était tout à fait possible d'emmener au salon un comptoir entier d'entraîneuses et de me dépraver en leur compagnie jusqu'à l'aube sans que cela réveillât ma femme. C'est sans doute ma tendance à l'insomnie qui me fait considérer que celui qui maîtrise à un tel degré les règles et l'art du sommeil détient un réel pouvoir. J'ignore si ma voisine possède à ce point la science de l'endormissement. Les bruits familiers que, nuit après nuit, me retransmet le plafond seraient plutôt ceux d'une femme qui a du mal à s'abandonner au repos.

La musique s'est arrêtée. C'est maintenant que je dois me décider. La neige me rend nerveux, contracté, et mes os me font mal comme avant une grippe. J'ai toutes les raisons de me précipiter là-haut. Ce qu'elle pourra penser de moi ensuite n'a aucune importance. Je me moque des questions de pudeur et de dignité, n'ayant de compte à rendre à quiconque. Je ne suis rien, je n'attends rien et je n'ai rien à préserver. Je me trouve dans la situation idéale d'un homme qui a décidé de commettre un attentat, de recourir au suicide, de gifler son patron ou de sonner nu à la porte de sa voisine. Les conséquences de mon attitude relèvent de l'anecdote. À ce point de la tentation, à ce stade de la réflexion, la finalité sexuelle de l'acte n'est même plus importante, seul le geste compte. Monter, sonner, attendre. La suite est du domaine du hasard, de l'éducation et de l'expérience. En ouvrant, elle sera peut-être effrayée par mon sexe planté sur le palier au milieu de l'hiver, ou au contraire s'attachera à l'homme qui le porte. Je ne vais pas réfléchir à tout ça. Je dois me déshabiller sans regarder la glace de peur de changer d'avis, je dois faire vite et penser le moins possible.

L'air du couloir est glacé. Quand je pose un pied par terre j'ai l'impression que le froid remonte jusqu'à ma gorge. Un instant l'idée que Trapatoni ou le docteur Benson puissent me découvrir ainsi au pied de l'escalier me traverse l'esprit sans toutefois me troubler. Mon cœur bat régulièrement, sans précipitation, mais mes muscles sont tétanisés. Ma démarche doit ressembler à celle d'un homme en bois. J'aborde l'escalier. La minuterie est longue, j'ai tout mon temps. Je vais gravir lentement les marches afin de préserver mon souffle. Mes jambes sont blanches et maigres. Ma main glisse sur la rampe plus par réflexe que par nécessité. Mes poils sont hérissés comme des cils vibratiles enregistrant les moindres mouvements de l'air.

Le son du carillon au timbre poudré me rappelle le goût des bonbons à la gomme recouverts de sucre blanc de mon enfance. Quelqu'un bouge de l'autre côté de la porte, j'entends des pas qui viennent vers moi, des pieds en chaussures de ville. Je me raidis comme un conducteur sur le point de heurter un obstacle.

Je ne sais pas comment elle est habillée mais elle ne crie pas. Ses yeux n'expriment rien d'autre que de la surprise, une légère surprise. Maintenant elle mordille l'une de ses lèvres rubis comme lorsque l'on réfléchit à un problème mineur. Je devine ses dents, je ne vois pas sa langue.

– Monsieur Miller, vous allez prendre froid.

Elle dit cela à la manière d'une infirmière qui réprimande affectueusement un de ses malades.

– Je ne peux pas vous laisser entrer dans cette tenue.

Il n'y a ni colère ni peur dans cette voix. Elle s'exprime sur le ton las mais ferme d'un commerçant qui baisse le rideau de sa boutique et vous prie de repasser demain.

– Je comprends, je suis désolé, mademoiselle Niemi.

Avec ma queue rabougrie par le froid, je me sens soudain triste et désemparé. Je tente de parler :

– J'ai eu envie de monter vous voir. Des choses me sont passées par la tête. Je regrette sincèrement de vous avoir dérangée et de m'être présenté à vous de cette manière.

– Vous faites ça souvent ?

Je refuse d'entreprendre une conversation dans une situation aussi humiliante. Le plus discrètement possible, je mets mes mains devant mon sexe qui ressemble à un orvet dissimulé sous une pierre.

– En tout cas je ne vais pas vous laisser redescendre tout nu. Je ne veux pas que nos voisins puissent vous apercevoir ainsi.

Elle disparaît dans ce que j'imagine être un couloir et revient presque aussitôt avec un peignoir de couleur parme.

– Tenez, mettez ça, vous me le rapporterez demain.

Elle a une façon presque maternelle de jeter ce vêtement sur mes épaules. Ma nudité ne la trouble pas. Pour elle, je ne suis pas un homme échauffé par le désir, mais bien quelqu'un qui grelotte. Je ne sais pas pourquoi, mais j'ai soudain la certitude que cette fille croit en Dieu. Elle ressemble à ces gens si pénétrés de leur foi qu'ils se sentent préservés du mal. La charité est chez elle une sorte de réflexe. Elle s'y prend avec moi de la même façon qu'elle traiterait un lépreux. Ma bitte ne l'écœure pas davantage que des nodules. Je suis pour elle un être en proie au désarroi, méritant soutien et compassion. Demain, sur un ton cauteleux, elle me parlera, essayera de me tirer les vers du nez, m'affirmera que l'épisode de cette nuit est oublié, que je ne dois maintenant voir en elle qu'une amie à laquelle je peux me confier. Elle glissera dans la conversation des mots comme rédemption, réconfort, providence, prière, et finira par se dévoiler en concluant que ce n'est pas un hasard si cette histoire s'est déroulée la nuit de Noël.

– Je vais rentrer chez moi.

– Vous feriez bien, monsieur Miller. Je crois que pour ce soir j'en ai assez vu.

J'ai l'impression qu'une main glacée caresse l'intérieur de mon estomac. Emma Niemi sourit avec son beau visage de carmélite, la peau des joues bien tendue sur les pommettes, les lèvres jointes, les ailes du nez bien parallèles. Il m'apparaît maintenant que cette femme ne possède aucun orifice, aucune fente. L'intérieur de son corps baigne dans un liquide amniotique d'un bleu lumineux. Je sais maintenant que je ne me placerai jamais entre ses jambes car je n'y ai pas ma place.

À mesure que je descends les marches, elle s'avance sur le palier pour me suivre du regard. Je remarque qu'elle porte un tee-shirt à manches longues et un pantalon de coton noir retenu à la taille par un lien. Appuyée à la rampe, les chevilles serrées l'une contre l'autre, Emma Niemi ressemble à une mère supérieure qui veille au bon déroulement des vêpres. Elle me fait un discret au revoir de la main et disparaît lentement dans l'embrasure de sa porte. J'ai envie de hurler, comme Anna l'avait fait dans le brasier. J'ai envie de crier : « Je suis veuf, veuf ! » Je me tiens debout dans l'obscurité, devant le feu. En emmagasinant de la chaleur, mon corps retrouve sa souplesse et se décontracte peu à peu. J'essaye de ne penser à rien pour me concentrer sur ce bien-être qui m'envahit.

Le peignoir porte son odeur. C'est un parfum simple, assez piquant, qui rappelle l'eau de Cologne à la lavande. On est loin des fragrances capiteuses qui remontent du fond de certains sacs à main de luxe. Cet effluve-là évoque plutôt les dimanches matin, les abords de paroisse, les salles de bains de pensionnat, les jupes à plis et les pulls en jersey. Emma Niemi doit dormir avec un crucifix au-dessus de son lit. Les crucifix m'ont toujours effrayé. À la longue, les gens ne voient plus ce qu'ils ont devant les yeux. Je me demande souvent ce qu'aurait pu être le symbole de cette religion si le Christ était mort empalé ou pendu.

Je suis dans mon lit, le plafond est silencieux, et j'en conclus que ma voisine aussi s'est couchée. D'une certaine manière nous dormons l'un sur l'autre, elle, dessus, et moi, en dessous. J'ai échoué dans ma tentative, mais je suis fier d'avoir fait preuve de courage. Demain, vêtu de frais, je remonterai le peignoir sans éprouver la moindre gêne. Pour l'instant je dois rester sur le dos, fermer les yeux et attendre calmement que le sommeil me prenne.

À mesure que redescend ma fièvre et que se décantent toutes les images de cette soirée, je prends conscience que pas une fois je n'ai envisagé que Emma Niemi pouvait me trouver trop vieux, trop commun, trop terne. Aveuglé par mon projet et mon excitation, j'ai misé un peu hâtivement sur la réciprocité mécanique du plaisir, oubliant que, dans la réalité d'une vie, il est fort rare que deux personnes se retrouvent dans un état d'esprit identique au même moment. Je rêvais d'une communion de chair alors qu'elle sortait peut-être de la messe de minuit. Je me voyais réveillonner dans son ventre tandis qu'elle ne songeait qu'à s'attabler devant un dîner de Noël avec sa famille. Je ne sais pas, je dis ces choses telles qu'elles me viennent. Mais la réalité ressemble souvent à ça. Un malentendu permanent, un déphasage chronique. Anna ne me pardonnerait jamais si elle savait ce que j'ai fait ce soir. En fait, Anna n'a rien à savoir ni à pardonner. Elle est partie avec mon chien, et jamais plus je ne retoucherai sa peau.

Au-delà de l'empreinte tiède de mon corps, les draps du lit sont glacés. Je n'ose pas bouger mes jambes ni mes bras. Je suis parti pour passer une mauvaise nuit. J'ai entendu rentrer Trapatoni et le docteur Benson. Le premier a fait trembler l'immeuble avec ses pas de buffle, le second, comme à son habitude, a réintégré sa chambre discrètement. Je suis certain qu'à cette heure ma voisine doit dormir comme une bienheureuse après avoir longuement prié pour calmer les tourments de ce damné qui vit sous ses pieds. J'aimerais qu'elle sache à quel point ses suppliques ont été vaines et combien le Ciel se moque du monde.

Mon désir est revenu. Je sais ce que je dois faire pour en finir avec lui. C'est la seule issue pour retrouver un peu de paix. Demain, la sainte du premier récupérera un peignoir taché.

Trois

Depuis la nuit de Noël, Mlle Emma Niemi ne m'adresse plus la parole. Elle se contente de me saluer d'une sèche inclination de tête quand le hasard nous fait nous croiser dans le couloir. J'ai été tenté d'aller lui présenter des excuses, mais je me suis à chaque fois ravisé au dernier moment, estimant, après tout, que mon attitude en cette soirée n'avait rien eu d'offensant.

Nous sommes à la mi-janvier et cela n'a plus aucune importance. Le temps s'est radouci et, depuis une semaine, une pluie d'hiver, fine et pénétrante, tombe sans discontinuer. Ce climat ne me vaut rien. J'attrape rhume sur rhume. Quand le docteur Benson me voit passer avec mes yeux humides et mon nez pris, il se contente de me répéter : « Il vous faut garder la chambre, monsieur Miller, prendre un peu d'aspirine et garder la chambre. » En ce moment, cela m'est impossible. J'ai, coup sur coup, trouvé deux emplois. La semaine dernière, j'ai travaillé au tri postal comme intérimaire, cette semaine une société de routage m'utilise pour distribuer des journaux d'annonces gratuits. Cette dernière tâche m'épuise.

Je suis sur un vélo du matin au soir lesté d'une énorme sacoche contenant au bas mot trois cents exemplaires. Lorsque ce stock est épuisé, je me réapprovisionne dans une camionnette que l'entreprise tient garée dans le quartier qui m'est affecté. À pleine charge, j'ai les plus grandes difficultés pour contrôler le guidon de mon vélo. Bien qu'équipé d'un ciré, je suis très vite mouillé par la pluie qui s'insinue au travers des coutures. Mes jambes sont les plus exposées, et dès ma seconde rotation le bas de mon pantalon et mes chaussettes sont trempés. Les journaux sont scellés sous plastique, ce qui me permet de les jeter par-dessus les clôtures lorsque les boîtes aux lettres ne sont pas facilement accessibles. Contrairement à la précédente, cette occupation me laisse l'esprit libre. Au tri, j'étais totalement accaparé par mon travail qui requérait minutie et attention. Chaque soir, je quittais la poste la tête vidée à force de veiller à ce que chaque lettre prenne la bonne direction. Ce travail, dépourvu d'intérêt mais non de sens, me convenait parfaitement. Il asséchait mes pensées et, rivé au présent, j'oubliais mon angoisse de l'avenir ou mes regrets du passé. Il en va désormais bien autrement. Mon corps est moulu et mes idées trottent. Je songe à Anna. Pendant que je pédale, zigzaguant sous l'effet conjugué de la charge et des gravillons, balançant çà et là des imprimés que personne ne lira, je rêve de me blottir tout entier dans son ventre et, dans la position de l'homme qui refuse de naître, d'allumer une cigarette à bout filtre en attendant que dehors les jours deviennent meilleurs. J'envie nos enfants d'avoir pu vivre en elle pendant neuf mois pleins. Je n'y ai été accepté, pour ma part, que pour des séjours autrement brefs. Mais les trop courts moments qu'il m'a été donné de passer au creux de ces parois m'ont toujours fait rêver et donné l'envie de m'y ensevelir vivant. Je ne sais pas pourquoi Anna a brûlé. Pourquoi la maison a brûlé. Pourquoi le chien a brûlé.

Les voitures passent au ras de mon vélo, et leurs pneus recrachent une bruine grasse qui se dépose sur mon visage. Demain je ne reprendrai pas ce travail. Mes mains rougies par le froid se crispent sur le guidon, et mon bras droit, à force de lancer ces journaux, me fait mal. Il y a un chien dans la plupart de ces mesquines habitations. Tous aboient en m'apercevant et manifestent leur agressivité en suivant mon avancée le long des palissades. En terminant ma dernière tournée, je me dis que dans chacune des rues que j'ai traversées, derrière toutes ces façades, il y avait au moins une femme seule qui aurait accepté de me recevoir entre ses jambes, ne fût-ce que pour passer cette heure difficile de la journée, quand la lumière sombre lentement et que la nuit est encore loin de tomber. Le sommet de mes épaules est détrempé. La semaine prochaine, je resterai au lit. Quelqu'un d'autre distribuera à ma place. J'ai trop froid, trop mal au dos.

Il y a un type au volant de la camionnette. En me voyant, il entrouvre la glace :

– Mets le vélo derrière, on rentre au dépôt. Je te ramène avec les autres.

Dans la fourgonnette, la température est à peine un peu plus tiède que dehors, et l'air pulsé est impuissant à chasser la buée qui se forme sur le pare-brise. Il y a deux autres personnes assises sur la banquette arrière, tout aussi ruisselantes et silencieuses que moi. À mesure que nous roulons, une odeur indéfinissable de bête mouillée s'installe à l'intérieur de l'habitacle. De temps à autre, visiblement indisposé, le chauffeur entrouvre la vitre pour renouveler l'air. Je me sens humilié et gêné.

À l'imprimerie, une secrétaire nous demande d'attendre un moment et nous assigne une place dans le couloir. Fourbus, engoncés dans nos imperméables, nous ressemblons à des mendiants qui attendent qu'on leur fasse la charité. Un homme portant des lunettes à monture d'acier nous tend des enveloppes marron à l'intérieur desquelles se trouve notre paye. Il se rapproche de moi :

– Miller, vous avez fait chaque jour deux tournées de plus que les autres. Nous en avons tenu compte.

Je baisse la tête, en proie à une vive honte. J'ai soudain le sentiment d'avoir trahi les miens, d'être un jaune, un collaborateur. Je voudrais me tourner vers mes compagnons, leur expliquer que je n'ai pas fait de zèle, que j'ai balancé les journaux sans compter ni réfléchir, et que si j'ai pédalé plus fort et plus vite qu'eux c'était seulement pour combattre le froid et la pluie, je voudrais leur demander pardon. Mais le comptable me serre déjà la main et ajoute :

– Lundi matin, passez me voir à mon bureau, Miller. Je voudrais vous essayer sur un nouveau secteur. Si vous vous en sortez aussi bien que sur celui-ci, je vous confierai un groupe et une camionnette.

Dehors, je me retrouve seul. Les deux employés s'éloignent côte à côte, silencieux et solidaires. Ils ne prennent même pas la peine de maudire le salopard qui en une semaine a réussi à les enfoncer un peu plus dans leur misère. Ce soir, avec en poche une maigre paye et la promesse d'un avenir honteux de petit contremaître, je longe à pied la rue de mon ancienne maison. Il me semble que si je pouvais dormir une nuit à l'intérieur, juste une nuit, je reconquerrais un peu de dignité. Au lieu de cela, dans mon rez-de-chaussée, je vais devoir supporter les allées et venues exaspérantes de l'Élue du premier.

La lumière est allumée dans le salon du docteur Benson. Je sonne pour lui demander un peu d'aspirine. Sa porte s'entrouvre, et, comme une main sort d'une manche, sa tête se faufile entre les battants.

– Vous n'auriez pas dû sortir, monsieur Miller. Rentrez vite chez vous vous changer, je vous apporte de quoi vous remettre sur pied.

Benson est un homme serviable et doux. Sa voix légère, vive, volette de phrase en phrase, son corps conserve une vigueur réelle et une grande souplesse. Bien que de taille modeste, il a cette démarche chaloupée des grands basketteurs noirs. S'il ne reçoit jamais personne chez lui, c'est, m'a-t-il expliqué un jour, à cause de l'extrême modestie de son installation. De fait, chaque fois qu'il m'a été donné d'entrevoir l'intérieur de son logement, j'ai été frappé par le vide de la pièce et l'absence de mobilier. Je sais depuis longtemps que la richesse d'esprit de Benson est inversement proportionnelle à sa situation financière.

J'ai allumé un feu dans la cheminée. Sur la petite table proche de son fauteuil, mon voisin dispose des pilules bleues et rouges.

– Vous allez en prendre une de chaque, matin et soir,

pendant trois jours, et rester au chaud. Je ne sais pas ce que vous faites, mais quel que soit votre travail, il attendra.

Les mains de Benson tripotent les médicaments à la façon d'un croupier qui compte ses plaques. Au-dessus de nous, l'Élue se manifeste de temps à autre. Je l'imagine tournant comme un hamster dans son deux-pièces, regrettant son attitude de la nuit de Noël, offrant son tourment de géomètre au Seigneur. Benson regarde le plafond.

– Mademoiselle Niemi a des pas très légers. Je n'en dirais pas autant de monsieur Trapatoni. Chaque fois qu'il marche, j'ai l'impression que la maison va s'écrouler.

– Depuis combien de temps vivez-vous ici ?

– Une année avant votre arrivée. La personne qui habitait dans votre appartement était une vieille dame. Je l'ai soignée jusqu'au bout.

– Vous voulez dire que l'ancienne locataire est morte dans cette pièce ?

– À côté, dans ce qui, je l'imagine, vous tient lieu aujourd'hui de chambre. Je me souviens que les derniers temps, madame Schiele, c'était son nom, me répétait à chacune de mes visites : « C'est bon de vous savoir à côté. » Elle avait une petite clochette près de son lit, et, quand la souffrance était trop violente, elle me prévenait en l'agitant. À la fin, je n'osais plus quitter mon domicile et la nuit, je laissais ma porte entrouverte de peur de ne pas entendre ses appels.

Les mots de Benson me parviennent avec un décalage. Ils ne sont pas synchrones avec les mouvements de sa bouche. Ce doit être l'effet de la fièvre. Je songe à Mme Schiele et, comme elle, je me sens rassuré de sentir le docteur près de moi, de le sentir vivant, compétent, serviable et disponible.

– Maintenant, essayez de dormir. Demain je passerai prendre de vos nouvelles.

Benson se lève et quitte la pièce en donnant l'impression de se mouvoir comme dans un rêve, exécutant chacun de ses mouvements au ralenti.

Il me semble qu'une main intérieure bourre mes sinus de ciment. Mes yeux larmoient, mes oreilles bourdonnent et les bases de mes dents semblent électrifiées. Je m'avance à l'intérieur d'une nuit que je sais peuplée de cauchemars, en me demandant sur lequel des murs qui m'entourent s'est posé le dernier regard de Mme Schiele.

Ce sont les trottinements de la Sainte, là-haut, qui m'ont réveillé. La pluie vient du sud et dégouline en petites rivières sur les vitres. Le ciel diffuse une lumière froide pareille à celle d'un néon. Je prépare du café en quantité, car j'ai l'intention d'inviter mon voisin à en prendre avec moi. Ses médecines ont été efficaces. Mon rhume s'est transformé en une modeste rhinite.

Benson est assis à la même place qu'hier soir. Il boit le breuvage à petites gorgées. Je le remercie et il s'agite sur son siège comme un oiseau migrateur énervé par la proximité du voyage. Benson va jusqu'à la fenêtre, promène son regard sur le jardin pendant que ses mains, croisées derrière son dos, dans leur agitation désordonnée, semblent se moquer de lui. Il dit :

– Si vous saviez combien je pense à madame Schiele, combien de fois je me suis éveillé la nuit avec sa main dans ma main. Je sais de quoi je l'ai délivrée, mais j'ignore où je l'ai envoyée. À mesure que l'âge avance et contre la raison même, on a de plus en plus de difficultés à admettre le néant.

Pivotant une nouvelle fois sur lui-même, Benson me fait à nouveau face :

– Pardonnez-moi, monsieur Miller.

Nous buvons en silence et à petites lampées. Les bourrasques de pluie s'écrasent sur les vitres comme, en été, les nuées d'éphémères explosent contre les pare-brise.

– Quel est votre travail, monsieur Miller ?

– En ce moment je distribue des journaux gratuits.

– Voilà une occupation qui ne vous ressemble guère.

Benson tourne la tête vers moi, ses yeux pétillent de vie, un sourire rajeunit son visage, et sa main, vigoureuse, se referme solidement sur mes testicules.

– Prenez-en soin, dit-il, avant de sortir de la pièce comme un voleur.

Le geste de mon voisin m'a surpris, bien qu'il ne soit empreint d'aucune équivoque. Benson a simplement pris congé en me serrant les couilles. Benson est un original. Il m'a conseillé de ne pas sortir de la journée. Je vais suivre ses recommandations et même aller au-delà, puisque lundi je ne reprendrai pas mon travail. Je resterai ici, dans cette chambre où est morte Mme Schiele, je resterai dans mon lit à écouter trottiner la Sainte.

Je n'aurais pas dû vendre ma maison. J'aurais dû demeurer dans la partie encore habitable, balayer les cendres de la folle et peu à peu remonter les ruines. Il est plus facile de rebâtir des murs que d'édifier des rapports humains durables. Le délabrement de l'âme et de la chair précède de beaucoup celui de la pierre.

En y réfléchissant bien, ma vie s'est construite en dehors de ma volonté. Comme tous les êtres, je possédais un pouvoir d'attraction, et, selon les règles de la physique élémentaire, à la faveur d'une conjonction hasardeuse, un certain nombre de personnes, dans un ordre plus ou moins précis, s'est mis à graviter dans mes parages. Au bout d'un moment on ne peut plus dire qui tourne autour de qui. Ce que je sais, en revanche, c'est qu'un jour ma force de cohésion s'est amoindrie et que les orbites de chacun sont parties suivre des trajectoires différentes. Notre système était mort. Se regroupant entre eux quelques corps ont formé un nouvel ensemble cohérent qui s'est éloigné vers une autre galaxie. C'est ainsi que, après la disparition de la folle et l'éloignement des enfants, je me suis retrouvé dans la position d'un astre mort, flottant dans le temps et l'espace, dérivant de droite et de gauche au gré de forces aléatoires. Bien qu'une terminologie prétentieuse ait pu le laisser entendre, je ne veux pas dire qu'un monde tournait jadis autour de moi. Simplement je faisais partie d'un ensemble répertorié dont les éclipses et les révolutions étaient prévisibles, les anniversaires équitablement répartis au cours des saisons, les affections mesurables. Encore fraîchement constituée, notre nébuleuse avait même une espérance de vie assez longue, mais, alors que nous étions en expansion, nous avons explosé. Peut-être, pour ma part, m'étais-je déjà désagrégé avant ce bang familial. L'édifice aura à peine tenu vingt ans. Dix de moins que ne le veut la garantie trentenaire qui a cours dans le bâtiment. Vis-à-vis de la loi, mieux vaut donc rater sa vie qu'un crépi de façade ou un mur de refend. Je crois que je ne rebâtirai plus jamais, ni maison ni famille. J'atteins l'âge où l'on doit commencer à s'intéresser aux choses sérieuses. Je pense notamment au taux d'humidité dans l'air, aux statistiques de l'équipe nationale de football, au bruit de son cœur et à la vigueur résiduelle de ses testicules.

Quatre

La Sainte a passé une partie de la nuit à tourner en rond dans son appartement. Je suis convaincu que sa lubricité non assouvie est la cause principale de ses insomnies, que son sexe, comme une cave sombre, se couvre chaque jour un peu plus d'une sorte de salpêtre intime.

La solitude conduit parfois l'esprit à s'encombrer de préoccupations anodines et obsessionnelles. Ainsi, en ce moment, tandis que, de ma fenêtre, j'observe le brouillard dans la rue, je ne suis tracassé que par une chose : l'état de mes dents. Dans ma bouche, ma langue les compte et les recompte sans cesse, avant de s'attarder dans les intervalles laissés par les extractions. À ces endroits, la peau est lisse comme le marbre d'une pierre tombale. J'ai atteint un âge disgracieux, un âge de transition entre l'exubérance arrogante de la maturité et la résignation courbatue du vieillard. C'est une période de la vie où l'on se retrouve tiraillé, selon les jours et les humeurs, entre les robustes révoltes du passé et l'inéluctable soumission devant l'avenir. Ainsi, ce matin, à mon réveil, la raideur de mon sexe m'a rappelé l'ardeur de l'adolescence, tandis que l'instant d'après je me postais devant la fenêtre dans l'attitude blette du retraité. La folle a fait un autre choix, elle ne connaîtra rien de la capitulation graduelle.

Il m'est désagréable d'avoir de telles pensées, des pensées qui tournent en rond, qui ne mènent à rien et qui n'ont pour seul mérite que d'épuiser les heures. Quand je pense à ce que j'étais, à la jubilation que j'avais à vivre, et que je vois aujourd'hui l'état de mes forces et de mon esprit, j'ai le sentiment d'avoir été exposé à des radiations nucléaires.

Il y a du nouveau dans l'immeuble. L'Italien est parti en emportant toutes ses affaires et ses maudits oiseaux. Son déménagement a été rondement mené par plusieurs membres de sa fratrie. L'espace d'une journée, l'escalier de la maison a résonné des ordres que Trapatoni, appuyé à la rambarde, hurlait pour diriger la manœuvre. Parfois il descendait une caisse ou un petit appareil électroménager en chantant à tue-tête un air d'opéra, avant de remonter à son poste de guet, auprès de sa volaille piaillante qui gesticulait dans sa cage. En fin d'après-midi, un membre de cette équipe, un homme d'une cinquantaine d'années, est venu uriner dans le jardin sous la fenêtre de mon living. Croyant l'appartement inoccupé, il a pris tout son temps, examinant sa verge et décalottant son gland avec minutie. Dissimulé derrière mes rideaux, j'avais tout loisir de surveiller ses préparatifs. Lorsqu'un jet jaune et roide est venu s'écraser contre le soubassement de ma fenêtre, il m'a semblé que toute forme de tension disparaissait de son visage. Quand il eut terminé il agita son sexe, le comprima entre ses doigts pour en extraire les derniers sucs et le prit dans sa main avec autant de précaution que s'il s'agissait d'un oisillon. Sa bitte était grise, terne, on eût dit qu'elle avait été trempée dans du ciment. L'Italien semblait réfléchir à ce qu'il allait faire de cette protubérance, puis se décida à réintroduire son bien dans son pantalon. Il renifla ses doigts et retourna à son ouvrage, parmi les siens. Plus tard, il fut le dernier à partir et serra longuement la main d'Emma qui était descendue saluer tout le monde sur le pas de la porte. Je souriais en voyant les doigts de la Sainte prisonniers de cette paume de déménageur qui devait embaumer la poussière et la pisse.

À cette occasion, Emma Niemi et moi avons échangé nos premières paroles depuis le soir de Noël. Contrairement à ce que je craignais, je n'éprouvais aucune gêne et ma voisine ne parut pas le moins du monde embarrassée. Elle m'annonça même que sa sœur aînée allait bientôt emménager dans l'appartement laissé libre par Trapatoni.

– Elle sera là demain ou après-demain. C'est quelqu'un de très gai, d'agréable à vivre. Je suis certaine que vous vous entendrez bien. Et vous avez même un trait de caractère commun : elle déteste porter des pantalons.

La Sainte souriait et respirait la mansuétude. Elle affectait l'égarement momentané et sans conséquence d'un bon élève, et ne paraissait pas me tenir rigueur de mon attitude passée. Il me sembla même discerner une marque de complicité dans sa promptitude à parler de cette affaire. Je pris le parti de laisser filer l'allusion.

– J'ignorais que vous aviez une sœur.

La remise au pas de notre conversation, le fait que

je me cantonne à des échanges d'une platitude polie déçut visiblement ma voisine. Sans doute, émoustillée par tous les chambardements de cette journée, eût-elle admis, ce soir, que notre bavardage prît un tour grivois, qu'il évoquât de manière explicite cette extravagance de fin d'année qui l'avait peut-être ébranlée plus que je ne l'avais imaginé.

– Elle travaille dans une société qui s'occupe de traduire les nomenclatures des appareils électroménagers. C'est très technique et le plus souvent rébarbatif. Victoria parle trois langues.

Je songeai que sa bouche devait être un délice, un gant noir fourré de salive chaude, à l'intérieur duquel trois souples appendices devaient vous aspirer comme l'hélice d'un bateau. C'est du moins l'idée que je me faisais d'un tel orifice polyglotte.

– Je serai ravi de saluer votre sœur dès qu'elle sera installée.

Victoria arriva le lendemain. Derrière les rideaux de ma fenêtre je la vis aller et venir, dirigeant avec une certaine autorité le déchargement de ses meubles. La description sommaire que m'en avait faite la Sainte se rapprochait de la réalité. Victoria était une petite femme tout en nerfs, d'une vivacité étonnante, au corps bien proportionné et qui semblait avoir le goût de la repartie. Dans le couloir je l'entendais répliquer sans aucune gêne aux plaisanteries graveleuses des déménageurs. Son visage expressif reflétait la vitalité et la sensualité de son tempérament.

Victoria avait beau s'ennuyer tous les jours sur des nomenclatures étrangères, elle respirait l'ardeur. Elle me parut immédiatement accessible. En regagnant ma chambre, je fus convaincu que, si je m'étais frotté à sa porte le soir de Noël, ses trois langues auraient eu vite fait de circonvenir ma raideur. Je m'endormis avec la conviction que cette femme-là n'était pas une sainte.

Depuis ce jour, il m'a été donné l'occasion de vérifier le bien-fondé de mon impression première. Victoria Heimrich, divorcée d'avec un concessionnaire Toyota-Hyundaï qui, en cadeau de rupture, lui a offert le petit coupé dans lequel elle se déplace tous les jours, n'a pas froid aux yeux. Lors de notre première rencontre, elle a eu toutes les peines du monde à se retenir de me dire que sa sœur lui avait raconté, en détail, ma sortie du 25 décembre. Par la suite, elle ne s'est pas privée de multiplier les allusions grivoises, me confiant, récemment, sur son palier : « Mon ex-mari n'aurait jamais été capable d'accomplir ce que vous avez fait. Pendant presque vingt ans de vie commune, songez qu'il a tous les jours enfilé son maillot de bain avant d'aller prendre sa douche. » J'aime énormément Victoria ex-Heimrich. Elle est beaucoup plus drôle que la Sainte. Je ne désespère pas de lui présenter mes parties génitales avant le printemps, bien que dans les communs, la nuit, le froid soit encore piquant. En revanche, je serais embarrassé que sa sœur me surprenne une nouvelle fois tout nu sur son palier. Les marches de l'escalier qui mène chez elles sont très bruyantes. Il est difficile de se rendre chez l'une sans que l'autre en soit avertie. C'est pourquoi, soir après soir, je diffère ma visite.

Je parlais tout à l'heure du sexe de la Sainte, de l'idée que je me faisais de cette grotte aux relents cryptogamiques. Peut-être les choses sont-elles différentes. Peut-être son organe est-il aussi lisse que des conduites grises de chlorure de polyvinyle ? Tous les tuyaux d'écoulement et d'adduction de ma maison étaient en chlorure de polyvinyle. Ils n'ont pas résisté plus de quelques minutes dans l'incendie.

Je me demande pourquoi Anna a attaché le chien avec cette chaîne, pourquoi elle a absolument tenu à le brûler vivant. L'animal a dû endurer le martyre. Je n'ai pas d'affection pour les bêtes, mais je déteste les voir souffrir. J'entends encore les aboiements étranglés du bâtard tandis qu'il tentait sans doute de s'arracher aux flammes. Autant l'évocation de ces appels désespérés me glace encore d'effroi, autant le souvenir des hurlements de ma femme, qui exprimaient plus de haine et de férocité que de douleur, n'éveille en moi aucune compassion. L'expert commis par les assurances a déterminé, dans son rapport, que la folle avait arrosé la maison d'essence. Et le chien aussi.

La pluie a cessé. Je ne sais pas pourquoi j'ai fait cela. Sans doute ai-je été poussé par l'évocation de tout ce qui précède. Je suis devant mon ancienne maison. Juste en face, de l'autre côté de la rue. Je me sens si bien qu'il me semble avoir dormi là cette nuit. Je ne peux pas associer cet endroit au suicide d'Anna. Elle a fait cela ailleurs, quelque part dans son monde personnel. Ici c'est chez moi, irrémédiablement chez moi. J'ai monté tous ces murs, posé ces fenêtres, ajusté ces tuiles, j'ai édifié ce bâtiment avec plus de soin et de douleur qu'une femme ne conçoit un enfant. Je me sens bien. Bien devant cette structure modeste mais tenace, bien devant ces arbres et ces arbustes que j'ai plantés. Je n'ai aucun titre de propriété, j'ai cédé tous mes droits sur l'édifice et le terrain, mais aussi longtemps que je vivrai cette maison sera mienne, plus, paraît-il, que ne le sont mes fils. Je vais traverser la rue, sonner à ma porte, me présenter et, si les nouveaux occupants le veulent bien, revoir l'ancien décor de ma vie. Pour l'instant je renifle le bout de mes doigts. Ils sentent quelque chose d'indéfinissable, de quasi immortel, l'odeur du chlorure de polyvinyle.

– Je suis monsieur Miller, Paul Miller. C'est moi qui vous ai vendu la maison.

Je reconnais cette femme. Elle a un visage sévère et une voix rugueuse. Elle me dit que son mari n'est pas là, mais que cela n'a pas d'importance, elle me prie d'entrer et me propose courtoisement de visiter. Elle fait un effort pour me parler avec douceur, comme l'on s'adresse à un malade ou à un veuf.

– Voici la partie que nous avons dû reconstruire après l'accident. Nous avons tout simplement repris vos plans.

Je me trouve dans la pièce principale, là où la folle et le chien ont brûlé, là où l'on n'a retrouvé que des formes noires et carbonisées parmi les cendres grises. Je sens leur odeur. Je ne le dis pas à cette femme, mais leur odeur est là, malgré le bois neuf, la laque, les colles, les vernis, cette puanteur subsiste comme s'éternise le souvenir d'un parfum dans un flacon asséché. Ils sont ici tous les deux, chair, graisse et sang mêlés, la maîtresse et la bête, la folle et le bâtard. Ils continuent d'habiter chez moi.

– C'est une maison très agréable. Nous ne regrettons pas les frais que nous avons dû consentir pour la remettre en état.

Cette femme n'a rien remis en état. Cette femme ne voit pas qu'elle vit dans un cimetière et marche chaque jour sur des charbons que l'on devine tièdes. Le sol crisse encore de haine et de folie. J'ai envie de lui demander ce qu'elle a fait de la chaîne du chien.

– Les travaux ne sont finis que depuis deux mois. Nous n'avons pas fait remplacer le plancher, nous avons préféré faire poser de la moquette.

La décoration est tellement affligeante et commune qu'elle irrite les gencives et agace les dents. Tout est grotesque, jusque dans le moindre détail. Les canapés ont trop de coussins, les pièces trop de meubles, les baies trop de tentures, les dessus de cheminées trop de bibelots. Anna avait un goût très sûr. Elle aimait le vide.

– J'espère que vous ne regrettez pas trop d'avoir vendu, bien qu'après ce qui s'est passé ici j'imagine que vous n'auriez pas pu y rester.

Bien sûr que j'aurais pu rester. Et d'ailleurs je ne suis jamais vraiment parti. Je connais des choses sur cette maison, des endroits dont elle ne soupçonne même pas l'existence, des espaces qu'elle ne verra jamais. Et puis, la folle est ici, le chien est ici. Tous, nous sommes là, réunis, formant presque une famille. La famille Miller.

– En bavardant avec les voisins, mon mari a appris que vous aviez construit vous-même la maison.

Je ne l'écoute plus, je marche chez moi, les mains derrière le dos. Je suis comme un adulte qui revient chez ses parents et qui retrouve sa chambre. Je traverse les pièces sans regarder, il ne peut rien m'arriver, je sais tout, l'incendie n'a rien détruit, ma vie est intacte, ma femme est en bonne santé, elle est sortie faire des courses, mon chien est quelque part dans le jardin, Charles et Thomas travaillent dans leur chambre, et moi j'ouvre la porte d'entrée comme un homme qui, après avoir longuement pesé le pour et le contre, a pris l'irrévocable décision d'aller pisser dans l'herbe.

– Si vous repassez dans le quartier, n'hésitez pas à venir nous voir. Mon mari sera ravi de bavarder avec vous.

Je regarde par terre. C'est là que passent les canalisations d'eau et de gaz, les câbles électriques et les fils du téléphone. Je ne les ai pas enterrés à la profondeur réglementaire. Pour moi cela n'avait aucune importance, puisque je n'avais aucune intention de creuser à cet endroit-là. Et surtout, je n'imaginais pas qu'un jour quelqu'un d'autre ait à le faire, car j'étais convaincu de passer ma vie ici, et même, le moment venu, d'y mourir. Moi, Paul Miller, j'affirme aujourd'hui qu'à la pointe de mon pied, ici, exactement, passent un tuyau d'évacuation des eaux usées de 100 mm de diamètre et, tout à côté, un tube d'amenée de 25 mm résistant à 24 bars de pression. Les deux canalisations sont en chlorure de polyvinyle. Les deux.

Je ne rentre pas chez moi tout de suite. Je m'arrête chez un charcutier. Je lui demande de couper une tranche de jambon cuit d'une épaisseur d'un centimètre et demi. Il me répond que sa machine ne peut pas faire des tranches aussi grosses. Je lui fais remarquer sèchement qu'il n'a qu'à faire usage de l'un de ses couteaux. L'homme est malhabile et ne peut me servir qu'une pièce irrégulière. Je refuse qu'il enlève le gras et la légère pellicule de couenne.

Je marche sur le ponton de bois qui avance sur la mer. Autour de moi des gens pêchent. Je les regarde enfiler des morceaux de poissons morts sur les hameçons et je mastique mon jambon.

Je passe une bonne journée.

C'est en fin d'après-midi, en rentrant chez moi, que je rencontre un vieil ami, Frank Gorki. Il pousse sa voiture qui vient de tomber en panne, essayant de la ranger le long du trottoir de l'avenue. Frank Gorki n'a jamais eu beaucoup de chance avec ses automobiles. Sous l'averse, son visage ruisselle et ses vêtements détrempés semblent avoir été plongés dans de l'huile. Les vêtements de Frank ont une histoire. Tout ce que porte Gorki, qu'il s'agisse des vestes, des pantalons, des chaussures, des chemises, des ceintures, tout, absolument tout a appartenu à son père. À la mort de ce dernier, il y a quatre ans, Frank a serré sa propre garde-robe dans une penderie et n'a plus porté que les effets du défunt. Par bonheur, le père et le fils avaient la même taille. Quant aux coupes des vestons, elles n'ont guère évolué ces vingt dernières années. J'ai le plus profond respect pour un homme de mon âge qui renonce à une certaine coquetterie pour perpétuer à sa manière la mémoire de son père et qui va jusqu'à faire monter ses verres correcteurs sur les montures du mort. « On a toujours vu les choses de la même façon », répond invariablement Frank quand on lui demande la raison de cette extravagance. Avec le temps, Gorki fils ressemble de plus en plus à Gorki père. C'est dans l'ordre des choses.

En attendant la dépanneuse, nous restons assis dans la berline.

– Je ne suis pas venu à l'enterrement d'Anna.

– Je sais. Tu as bien fait.

– Tu as toujours ta Volkswagen ?

– Toujours.

– Comment vont les enfants ?

Je le regarde et je suis incapable de répondre. J'ai l'impression d'avoir la bouche pleine de galets. Je ne sais pas comment vont les enfants, et sa question me fait prendre conscience que, jour après jour, j'oublie davantage Charles et Thomas. Je n'ai plus rien de commun avec ces deux-là, j'ignore où ils se trouvent exactement et ce qu'ils font de leur vie. Je sais seulement qu'à ma mort ils n'enfileront pas mes vestes et ne porteront pas mes chaussures.

– Je n'ai plus aucun rapport avec les enfants. Ils ne m'intéressent plus. Je ne me souviens même pas de les avoir vus naître.

– Tu es vraiment sincère ?

– Je le crois.

– Alors tu es un homme heureux.

Machinalement, Gorki tente de tirer sur le démarreur. Le tableau de bord de la Ford s'éclaire exagérément puis s'éteint aussitôt, tandis que dans l'habitacle, insidieusement, monte une odeur de court-circuit.

– Je sens que je vais traverser une mauvaise passe. Chaque fois qu'une voiture me lâche, je traverse ensuite une mauvaise passe. Il y a quatre ans, un mois après que la Toyota casse, mon père meurt. Deux ans après, c'est la Mitsubishi qui flambe et, la semaine suivante, je perds mon travail. L'an dernier, je reste planté au milieu d'un carrefour, le pont de la Chrysler brisé net. Une heure plus tard, alors qu'elle venait me chercher chez le garagiste, Laura m'annonce qu'elle part vivre avec un « athlète complet », de dix ans son cadet, dont la préoccupation principale est de se nourrir exclusivement de laitages et de muesli. Je t'avoue que ce soir c'est avec une certaine appréhension que j'attends la dépanneuse.

– Le muesli est une drôle d'invention.

– Tu veux que je te dise quelque chose ? Le muesli a détruit ma vie. Je ne comprendrai jamais comment on peut quitter un Gorki pour un bol de muesli.

Je regarde s'éloigner Frank dans sa Ford en remorque. Lui et sa voiture forment un ensemble rafistolé mais cohérent. La camionnette qui les tracte est flambant neuve.

Ce soir j'ai décidé de me remettre à fumer. Je vais acheter des cigarettes en paquet souple. Cette perspective agréable me fait presser le pas. Je ressens aussi une légère érection, mais je pense que cela n'a aucun rapport. La pluie a transpercé les couches successives de mes habits. Si Benson me voit rentrer dans cet état il va me promettre une pneumonie et vouloir me poser des ventouses. Ce serait ridicule car je ne tousse pas et ma respiration n'est pas encombrée. En fait je ne me suis jamais senti aussi bien. On dirait qu'à mesure qu'augmente mon dégoût pour moi-même, ma santé se raffermit, que plus je me détache de mon corps, plus il se raccroche à ma vieille peau. Ma peau, justement, a changé, terriblement. Surtout depuis l'enterrement d'Anna. Elle a pris un aspect desséché et terreux. C'est comme si elle s'était imprégnée de toutes ces pelletées dont on a recouvert le corps de la folle. J'aimerais qu'une femme me touche, frotte mon épiderme et qu'elle enlève toute cette poussière, toutes ces cendres qui se sont déposées sur moi. On voit de la lumière à la fenêtre de Victoria ex-Heimrich. Il faudrait que cette femme passe ses doigts sur moi. La Sainte n'est pas encore rentrée. Je l'imagine en prière dans une église humide, agenouillée, les bras en croix au milieu de la nef. Au même moment, là-haut, je suis sûr que sa sœur urine les jambes écartées.

Il est tard, je me suis changé, j'ai mangé et maintenant je fume assis dans mon fauteuil. C'est délicieux. Rien n'est pour moi plus réconfortant que le tabac. Ce soir la maison est particulièrement silencieuse. À l'étage, je ne perçois pas le moindre bruit et je parierais que mon voisin d'à côté dort déjà. J'entends battre mon cœur dans mes oreilles, à moins que ce ne soit le flux massif et régulier du sang qui gicle dans l'aorte. J'aime bien prendre mon pouls, sentir, sous ma peau, cette tête d'épingle cogner contre mon doigt, j'imagine un fœtus minuscule tapi dans la veine et me répétant, dans ce langage élémentaire proche du morse, que chaque chose est sous contrôle, qu'il n'y a aucun souci à se faire, que le cœur tient bon et tout le reste avec. La folle avait un cœur d'acier, surtout les derniers temps. Je crois que si elle avait vécu davantage, si elle n'avait pas mis un terme à son propre calvaire, elle aurait fini par mordre les chiens. À l'époque, d'une certaine manière, je crois que je désirais cette cruauté et je me souviens très bien que lorsque Anna m'annonça que je n'étais pas le père de ses deux fils, j'ai vraiment admiré son cran, sa férocité, d'autant plus que, à mon étonnement, cette nouvelle me fit l'effet d'une délivrance. Je n'ai moralement plus de progéniture, mes testicules sont peut-être aussi secs que ma peau, mais je fume les jambes croisées. Je suis veuf, athée, la folle s'est volatilisée et je convoite deux femmes dont l'une est une sainte devant laquelle je suis apparu un 25 décembre.

Je me déshabille devant la glace, je contemple mon délabrement, la banqueroute de ma chair, la déroute de ma charpente osseuse, la maigreur de mes jambes et l'aspect sournois de mes pieds qui m'ont toujours mis mal à l'aise quand je les regardais. Je n'arrive pas un seul instant à croire qu'une femme puisse prendre un quelconque plaisir à manipuler cet ensemble vieillissant. J'ai posé ma main devant ma queue. Je n'ai pas envie ce soir de la voir dans un miroir.

Cet examen critique m'a déprimé. Après cet exercice je crois que je ne trouverai plus le courage ou l'audace de m'exhiber sur le palier devant la polyglotte Victoria ex-Heimrich.

Je suis couché. Je n'arrive pas à trouver le sommeil. Je songe à mon ami Gorki, à ses lunettes, à ses vestes et aux ennuis qui vont immanquablement lui arriver. Sa Ford va lui porter la poisse. Je me redresse sur l'oreiller, j'ai les yeux grands ouverts dans le noir, j'ai envie d'une cigarette, j'ai envie de porter les chaussures de mon père, j'ai envie d'avoir un frère, j'ai envie de caresser les seins de la folle, j'ai envie d'une voiture avec une direction assistée.

Cinq

N'ayant plus le moindre argent, j'ai été obligé de reprendre un emploi. Cela fait un mois aujourd'hui que j'ai été engagé par une société d'entretien d'espaces verts. J'aime bien mon travail, surtout maintenant que le printemps semble bien installé. Mon équipier s'appelle Domingo Morez. Il a parfois des comportements bizarres. Ça ne l'empêche pas de venir me chercher, tous les matins, à la maison, avec la Toyota à plateau de l'entreprise. Derrière la cabine sont rangés deux tondeuses à gazon dont une auto-portée, une motofaucheuse, une débroussailleuse à fil, une autre à dents, une tronçonneuse, des râteaux, des sécateurs de toutes tailles et divers autres outils de jardinage. Parce qu'on lui a confié la Toyota, parce qu'il la conduit sans partage, Domingo se considère comme mon supérieur hiérarchique. Cela ne me dérange pas. Nous exécutons les mêmes tâches, à ceci près que Morez rechigne toujours à me laisser tondre avec le petit tracteur, prétextant qu'il faut savoir jouer avec le levier commandant la montée ou la descente de la lame, que cette pièce a du jeu, qu'il faut en avoir l'habitude, sinon « on casse tout ». Domingo s'exprime avec un accent espagnol très prononcé, et les femmes représentent son principal sujet de conversation. Lorsqu'il en convoite une, il en parle toujours de la même façon. Ses lèvres se pincent, blanchissent, et il marmonne : « Celle-là, je lui tondrais bien la pelouse. » Ensuite il lance le moteur de la débroussailleuse et, noyé dans la fumée du deux-temps, comme un animal sauvage, il s'enfonce parmi les ronces et la broussaille. Ces dernières semaines, il ne s'est rien passé de notable dans ma vie. J'en suis toujours au même point avec la Sainte et avec sa sœur, c'est-à-dire que, le soir, je me contente de les écouter se déplacer à l'étage. Le docteur Benson a eu, il y a deux semaines, une petite alerte cardiaque, mais le médecin qui l'a examiné n'a pas jugé nécessaire de le faire hospitaliser. Depuis, il semble s'économiser et passe ses journées chez lui. En peu de temps Benson a changé, son regard s'est modifié, sa parole, raréfiée. Cet homme a peur de mourir.

Morez est à l'heure. De bon matin, il mastique des pastilles de gomme. Il parle à tort et à travers, mais je n'ai pas envie de bavarder. Je croise les bras sur la poitrine et je ferme les yeux. Domingo finit par se taire. La voiture sent l'herbe coupée et le mélange deux temps. Je suis devenu très sensible aux odeurs d'essence. Cela fait presque un an qu'Anna a brûlé. Lorsque c'est arrivé il faisait le même temps qu'aujourd'hui, une journée superbe, un ciel immense et pas un souffle d'air.

Pour rentrer chez moi, ce soir là, j'avais emprunté la route en bord de mer sur laquelle nous roulons en ce moment. J'ignore où nous conduit Morez. Il a devant lui le planning du jour. Je ne cherche pas à savoir ce qui nous attend, je ne demande pas chez qui nous allons travailler, je sais simplement que je vais devoir tondre ou couper jusqu'au soir.

– Miller, tu ne parles pas assez. Il faut parler, ne pas garder les choses pour soi.

Anna était une femme qui ne gaspillait pas ses mots. Concise sur l'essentiel, se taisant sur des sujets mineurs, elle semblait économiser son vocabulaire comme si elle devait un jour rendre des comptes sur la gestion du capital de phrases mis à sa disposition.

– Moi, je te raconte toutes les choses qui m'arrivent, et toi, tu ne me dis jamais rien. Je ne sais même pas si tu vis avec quelqu'un ou si tu as des enfants.

Que répondre ? Que je suis veuf ? Que la dernière fois que ma femme m'a touché, elle a répété par deux fois « Tu n'es pas là » ? Que les enfants dont je ne suis pas le père me considèrent comme l'assassin de leur mère ? Que je me masturbe un jour en pensant à la Sainte, et le lendemain en rêvant à sa sœur Victoria Heimrich ? Que j'hésite depuis des mois à aller sonner, nu, à la porte de la seconde ? Que j'observe mes testicules devant la glace ? Que j'ai peur de mes pieds parce que j'ai l'impression que mes pieds me regardent ? Que j'aime bien être assis de bon matin dans cette voiture ? Que tondre me paraît être à la fois une activité stupide et réjouissante ? Que j'ai trouvé l'hiver humide et trop long ? Que je n'ai plus de nouvelles de Frank Gorki ? Que je n'ai aucun but, aucun projet et que la seule question qui, en ce moment, m'occupe l'esprit est de savoir si je serai présent à la maison lorsque mourra le docteur Benson.

– J'aimerais bien tondre sur la Murray aujourd'hui, dis-je finalement.

– Tu sais ce que j'en pense.

– D'accord, mais si je ne me familiarise pas avec la commande du tablier, je n'arriverai jamais à la maîtriser et je ne pourrai jamais me servir de cette machine.

– C'est pas faux, mais la Murray, comment t'expliquer, je m'en sens un peu responsable. Un jour le patron m'a même dit : « Morez, il n'y a que vous pour faire durer aussi longtemps les lames de la Murray. »

– Comme tu voudras.

– D'un autre côté, c'est vrai, si un jour je suis pas là, il faudra bien que tu t'en serves de la Murray. On verra ça tout à l'heure, on verra comment on peut s'arranger sans tout casser. Parce que je te connais, avec ton caractère tu es un type qui peut tout casser, tu n'as pas la patience. Je te vois faire avec la tronçonneuse. Tu attaques à peine la première branche que tu voudrais déjà que l'arbre soit tombé.

Ce que j'aimerais, Domingo Morez, protecteur des Murray et conducteur de Toyota, ce que j'aimerais, c'est que l'arbre dont tu parles m'écrase dans sa chute et m'enterre en même temps. Qu'il soit à la fois mon juge, mon assassin et mon fossoyeur. Et quand on le débiterait, on ne trouverait, sous ses grumes, rien d'autre que de la terre tassée. Voilà ce qui me plairait, Domingo Morez, partir précipitamment dans la discrétion. Tout le contraire de ce qu'a choisi Anna Miller, ma femme.

– La Murray, figure-toi, ça fait sept ans que le patron l'a achetée. Je n'ai pas manqué une vidange, et en dehors du filtre à air, tout est d'origine. Cette année, je crois qu'il va falloir changer le tablier, les attaches et la barre de commande. Il y a trop de jeu.

Peut-être y a-t-il eu aussi, à un moment donné, trop

de jeu dans l'esprit de la folle. Je me demande si dans ces circonstances l'on se sent perdre pied, si le détachement d'avec la réalité est progressif ou alors si, sous l'effet d'un excès de tension, l'amarre de la raison fond comme un filament de cuivre.

– Tu sais chez qui on va travailler ce matin ? Chez les Magellan. Et je vais te dire une chose : c'est bien dommage qu'on ne soit pas plus avancé dans la saison parce que chez les Magellan, dès qu'il fait chaud, la mère et les deux filles passent leur journée à bronzer et à se baigner à poil dans la piscine. Il suffit de se trouver à débroussailler dans les parages et tu es récompensé. En plus elles ne se cachent même pas. Je suis sûr qu'un jour ou l'autre il y en a une des trois qui me proposera de venir lui tondre sa pelouse.

J'aime les belles pelouses, leur odeur dans les jours qui suivent la coupe, j'aime le bruit de l'herbe tranchée par la lame et cette impression de propreté, de vigueur, de santé que dégage le gazon égalisé. En revanche je déteste tailler des buis, des buissons ou des arbustes. Autour d'un ray-grass impeccable, il est malvenu de réclamer un paysage militaire tiré au cordeau et fini à la tondeuse, à moins d'aimer le redondant et l'enflé.

– Bon, on est arrivés. Tu parles, il n'y a personne à la piscine. Il fait pas encore assez chaud. Aide-moi à placer les planches pour descendre la Murray. Ensuite t'auras qu'à passer la débroussailleuse autour de la serre.

Tu ne t'en rends sans doute pas compte, Domingo Morez, mais tu me parles comme un patron, tu m'assignes des tâches, tu choisis pour moi l'outil que je dois employer et bientôt tu me reprocheras ma faible productivité, tu critiqueras ma nonchalance. La Murray est lourde, et chaque fois qu'il est question de la monter ou de la descendre de la voiture, tu me laisses soulever le côté le plus pesant, là où se trouve le bloc-moteur. J'ai dix ans de plus que toi, Domingo Morez, et je suis veuf.

La propriété est bien entretenue, sans excès. Il va faire un temps magnifique, avec un ciel immense et pas un souffle d'air. Bientôt les Magellan pourront profiter du soleil. Je vais m'efforcer de discipliner ce qui pousse autour d'eux bien que cela soit une tâche vaine. Domingo chevauche déjà sa machine. Elle émet un bruit caractéristique qui me rappelle ma maison et cette époque où je n'avais pas à quémander l'autorisation de m'asseoir sur une tondeuse à gazon. Je lance la débroussailleuse et le fil de nylon, à mes pieds, se met à siffler comme mille serpents.

Ce que j'accomplis n'est ni physiquement pénible, ni moralement harassant, bien qu'à la longue la plainte constante et suraiguë du moteur s'avère assourdissante.

Il est presque midi. Je fume assis dans l'herbe en attendant que Domingo termine ses derniers passages. Il aura nettoyé un hectare en quatre heures. Le résultat de son travail est visible, patent, gratifiant. Le mien est bien moins apparent. C'est sans doute pour cette raison que les clients posent toujours des questions à Domingo plutôt qu'à moi. Son efficacité le désigne, à l'évidence, comme le patron, la modestie de mes tâches faisant de moi, au mieux, un apprenti attardé. Je ne me préoccupe pas réellement de ce genre de choses, je les note avec détachement, un peu comme on regarde de loin le labeur confus et irréel des insectes. Pour l'instant je fume du tabac blond, doux et sucré comme le miel, je fume au soleil, sans femme, sans enfants, vêtu d'une combinaison de coton vert foncé, j'ai relevé ma visière protectrice et je ferme les yeux à l'image d'un homme en prière qui n'a rien à demander.

– Tu te la coules douce, Miller, tu as raison. Bon Dieu, si la mère Magellan était dans les parages, je lui foutrais bien un coup de mètre pliant. Je sais pas pourquoi, mais chaque fois que je descends de cette machine, j'ai une trique de fer. Ça doit venir des vibrations du moteur. Tu penses pas que ça vient des vibrations du moteur ?

Je n'ai pas d'avis sur les vibrations, j'ai d'ailleurs très peu d'avis sur les choses en général. Mais force est de reconnaître que, si l'on en croit le renflement qui tend légèrement la toile de son pantalon, Domingo Morez, conducteur de Toyota, de Murray, et, de surcroît, économiseur de lame, amorce une érection. Les érections vous surprennent parfois dans des endroits insolites. Enfant, il m'arrivait souvent d'en éprouver, le matin, quand je montais dans l'autobus. Il me semblait alors que la terre entière s'intéressait à l'enflure de mon gland. Il y a bien longtemps que je n'ai pas pris l'autobus.

– Cette fois je crois qu'il va falloir changer la barre et le tablier. C'est plus possible, on ne voit pas ce qu'on fait. Près du cèdre, j'ai relevé au maximum et j'ai quand même attrapé une racine, sans compter que tu n'as plus aucune régularité de coupe. Bon, faut pas traîner, on a deux frênes à couper chez un type qui s'appelle Tran Van Duong. Tu fais quelque chose ce soir ?

Sans doute vais-je réchauffer une pizza, terminer un

reste de poisson médiocre, boire un peu d'eau et fumer en écoutant les bruits de la maison. J'aurais bien aussi dans l'idée de téléphoner à quelqu'un. Mais à qui ? Et pour parler de quoi ?

– Si on ne finit pas trop tard, je t'emmène boire un verre dans un endroit que je connais et où il se passe des choses dont tu n'as même pas idée.

Tran Van Duong nous conduit jusqu'aux frênes. Les arbres, immenses, ont l'air sains. Je comprends tout de suite que nous ne sommes pas équipés pour ce genre de travail. Morez écoute Duong qui s'exprime de façon totalement inamicale. Il veut que le travail soit terminé ce soir sans faute, que la chute des troncs ne fasse pas de dégâts et surtout que l'on remette la terre en place après avoir arraché les souches.

– Dans ces conditions, nous ne pouvons pas prendre ce chantier, monsieur Duong, dit Morez. Nous faisons l'élagage, l'émondage mais pas l'abattage de pareils colosses. Ils font bien dans les quinze mètres, ces deux-là. Nous ne pouvons pas vous garantir de terminer dans un laps de temps si court, sans compter que nous n'avons pas le matériel nécessaire.

Duong est à la fois furieux et désemparé. La Toyota démarre sans faire crisser les roues sur le gravier. Je regarde une dernière fois le jardin et les hêtres, hautains, qui survolent la pelouse. On leur a peut-être sauvé la vie. Planté à leurs pieds, raide, Tran Van Duong ressemble à un piquet de tente.

L'endroit s'appelle le Montevideo. C'est un bar qui donne sur la mer. Les vitres sont opacifiées par la crasse et les embruns. L'intérieur est décoré avec des rondins de bois verni, des lampes à huile et des trophées de pêche. Nous sommes accoudés au bar et Domingo boit de la bière. Au-dessus d'une petite scène tendue de velours bleu marine, une affiche annonce en lettres rouges : « Ce soir, Martha-le-brise-glace. » À nos côtés, trois clients agitent leurs vieilles dents et leurs vieilles langues pour sucer de la friture de poisson. Il n'y a pas grand monde, c'est un endroit misérable.

– Ce que tu vas voir ici, tu ne l'as jamais vu nulle part et sans doute tu ne le reverras jamais.

Que dirais-tu, Domingo Morez, si tu apprenais que l'homme qui est assis à côté de toi a vu brûler sa femme et son chien, qu'il les a entendus hurler, se débattre et peut-être se mordre mutuellement, et qu'il est resté pétrifié devant ce brasier sans rien espérer, comprendre, ni tenter ? Que dirais-tu, Domingo Morez, si tu savais que cet homme a pleuré devant les décombres, mais que ses larmes ne regrettaient personne, et ne coulaient que parce que la fumée irritait ses yeux ?

– Je me demande pourquoi il n'y a pas davantage de monde, bon Dieu. C'est toute la ville qui devrait être là, je ne blague pas, toute la ville.

Martha est une femme lourde, une espèce de baleine quinquagénaire teinte en blonde qui prend des postures lascives et convenues. Elle est engoncée dans un tailleur noir lustré sous lequel elle porte un chemisier blanc. Ses jambes, veinées de rouge, offrent un aspect craquelé comme ces vieux carrelages de boucherie. Martha essaye de gagner sa vie. Martha écarte ses jambes, s'accroupit à la manière d'une vieille paysanne incontinente et, sous sa jupe, on voit lentement pendre, puis glisser un long poisson mort. Elle le prend dans sa main comme s'il s'agissait là du fruit de ses entrailles, le caresse de ses gros doigts rosés, l'arrache finalement avec brutalité, avant de le rejeter en coulisse. Martha salue, des clients sifflent de bonheur, d'autres applaudissent et Domingo, tendu, des gouttelettes de sueur perlant sur la lèvre supérieure, dit : « Maintenant c'est le brise-glace, nom de Dieu, le brise-glace ! »

Martha se déshabille sur une musique asthénique et je m'efforce de me dire qu'elle n'est pas là et que je suis chez moi attablé devant les reliefs de la veille, faisant un tri méticuleux entre la chair et les arêtes. Martha a enlevé sa veste et son chemisier. Bien qu'elle soit encore dissimulée sous un soutien-gorge à armature, on devine l'énormité de sa poitrine. Chaque sein doit bien peser dix livres, la masse est étonnante.

– Jamais tu ne reverras ça, jamais !

Domingo s'essuie le visage, et Martha, inexpressive, glisse une main sous sa jupe faisant mine d'en tirer avantage. Le patron du bar arrête la musique et demande deux volontaires pour tenir en main et sur scène deux verres à vitres de bonne dimension. Pendant ce temps Martha boit un alcool, lèche ses lèvres et fait vibrer sa langue avec tant d'agilité et de rapidité qu'on la croit un instant bifide. Martha vient se placer dans la lumière, bien au centre, entre les deux hommes qui serrent les carreaux dans leurs doigts. Cela n'a pas grand sens. On dirait un tableau du début du siècle. Avec des gestes de strip-teaseuse arthritique Martha dégrafe son soutien-gorge. Il n'y a plus un seul bruit dans le bar.

– Ça fait peur, nom de Dieu ça fait peur ! dit Domingo.

Martha a des seins plus gros que son visage, plus gros qu'un cœur d'éléphant, plus gros que des poumons de singe ou qu'un foie de cerf. Martha est exceptionnelle, la lumière ruisselle sur sa peau, elle semble jaillir de sa laideur. Martha transpire et essuie son visage avec ses mains. Les deux hommes tiennent maintenant les vitres à bras tendus. Ils semblent présenter un grand miroir devant chacun des flancs de l'artiste. Martha respire, respire longuement, ferme ses yeux, très fort, mord ses lèvres, pétrit ses seins de ses petits doigts courts et soudain, avec une vivacité de cobra, fait pivoter son torse à droite et à gauche. Sa poitrine, colossal projectile, vient, à la vitesse d'un missile, frapper alternativement les deux vitres et les fait voler en éclats. Le bar explose, tout le monde hurle, siffle, applaudit debout, les bras levés. Domingo dit :

– Personne ne peut croire ça ! Personne !

Les volontaires n'en reviennent pas, ils examinent leurs doigts, pendant que Martha, sur ses grosses jambes, trépigne de joie, salue, lèche et embrasse ses monstrueuses mamelles qui ne portent pas la marque d'une seule égratignure.

– Je suis sûr qu'elle peut tuer un type, répète Domingo, je suis sûr que si elle le veut, si elle est vraiment en rogne, elle peut tuer un type avec ses machins.

Au sol, je regarde le verre. Il est désintégré, aussi fin que du sable de plage. Si Domingo dit vrai, si cette femme peut effectivement faire ainsi sauter la tête d'un homme, alors je dis que la mort de cet homme-là est enviable. Lui, debout, innocent, tourné vers l'Océan, et elle, nourricière fatale, arrivant des terres, le frappant deux fois par-derrière. Il n'a pas le temps de ressentir quoi que ce soit, il est désintégré et tombe en poussière parmi les grains de silice.

Il faudrait que la Sainte voie Martha pour comprendre ce qu'est la grâce, ce qu'est l'humilité, ce qu'est la force de la foi, ce que sont l'intransigeance et la générosité.

– À quoi tu penses ? demande Domingo.

– À rien.

– Je sais bien que tu penses à quelque chose. Et peut-être que ça n'a même rien à voir avec Martha. Bon Dieu, il faudra bien que tu te décides à raconter ce que tu as dans ta satanée tête, un jour ou l'autre.

J'allume une cigarette, j'examine mes doigts, et je songe qu'un jour ou l'autre je vais mourir.

Six

Je tiens la main de Benson dans la mienne. Il ne s'en aperçoit vraisemblablement pas. Les dégâts cérébraux causés par l'attaque qu'il a subie cet après-midi sont, d'après le médecin, irrémédiables. Le vieux docteur devrait s'éteindre lentement dans les heures à venir. Lors de sa première alerte, il avait demandé qu'en cas de récidive on ne le transportât pas à l'hôpital, mais qu'on le laissât chez lui, dans son lit, entouré de ceux qui voudraient bien demeurer à son chevet. Je tiens la main de Benson. Elle est froide, propre, les ongles sont soignés, la peau est sèche et paraît très fine. Les sœurs Niemi sont descendues il y a une heure pour me proposer du café. La première chose que j'ai constatée c'est qu'aucune des deux ne portait de soutien-gorge. Jusqu'à ce qu'elles remontent à l'étage, je n'ai plus pensé qu'à la pointe de leurs seins qui à chaque mouvement rayait leurs chemisiers de toile légère.

Je tiens la main de Benson dans la mienne. Elle est glacée. Je ne sens plus son pouls. Benson, comme de l'eau de mer, a filé entre mes doigts. L'aspect de son visage s'est modifié, sa bouche est entrouverte et je vois ses dents.

Je reste encore un peu avec lui avant d'aller prévenir la Sainte et sa sœur. Ce soir, elles ne comprendraient pas mon geste si je montais chez elles, nu.

J'aimerais pouvoir vous réveiller, Benson, juste une heure ou deux, le temps de sauter dans ma voiture, de filer au Montevideo, de convaincre Martha de me suivre et de vous l'amener dans cette chambre. Vous vous redresseriez alors sur vos oreillers pour mieux voir cette femme disgracieuse aux jambes rosées, aux mains déformées par la graisse, au buste comprimé par la veste de son tailleur élimé.

Elle se déshabillerait avec des poses de limace puis vous ferait mille tours savants avec sa poitrine dressée comme un animal de cirque. Devenus bêtes fauves, et pour votre seul plaisir, ses seins feraient voler en éclats toutes les vitres de la maison, défonceraient les portes des étages, la toiture, les canalisations en chlorure de polyvinyle, les bornes d'incendie, en passant, gifleraient magistralement la Sainte et sa sœur, avant de vous rejoindre, calmés, caressants et gonflés pour mieux vous allaiter, pour que vos vieilles lèvres extirpent de ces mamelles un inépuisable suc de jouvence. Et ces dents, qui semblent maintenant menacer le plafond, s'enfonceraient alors dans la chair de Martha, et votre langue morte retrouverait ses réflexes d'enfance, cette aptitude à sucer, à se muer en piston primal. Et vous ouvririez les yeux, Benson. Peut-être pas pour des siècles, mais assez longtemps pour comprendre que vous n'aviez vécu que pour connaître ces instants.

Je n'oserai jamais aller chercher Martha. Je ne saurais quoi lui dire pour la convaincre et, sans doute, interpréterait-elle mal ma proposition.

Je tiens la main de Benson dans la mienne. Ses ongles sont coupés ras, les lunules sont régulières. Je prends son index et je le porte à ma bouche. Il repose maintenant sur ma langue. Je le suce. C'est la première fois que je suce le doigt d'un cadavre. Je remarque que la mort n'a aucun goût particulier.

Je n'arrive plus à me souvenir exactement du corps d'Anna, mais si, en ce moment, elle était devant moi, morte et intacte, je crois que j'aurais une érection.

C'est l'époque où les oiseaux chantent même la nuit. Ça veut dire que Benson est mort au printemps. Ce que j'entends, ces piaillements incessants en sont la preuve. La preuve irréfutable. Nul ne peut la contester. En cet instant, le fait d'être près d'un mort me donne beaucoup de droits moraux puisque chacun pense : Miller était très lié avec Benson, les deux hommes s'entendaient bien et habitaient l'un à côté de l'autre. Benson n'est plus là, Miller est affecté. Il faut respecter son affliction et sa souffrance. Seulement je ne souffre pas. Pas plus que je ne suis affligé. Je tiens la main d'un mort, tout à l'heure j'ai sucé l'un de ses doigts, et c'est tout. Cette soirée m'a fait prendre conscience que je pouvais encore désirer le corps de la folle et peut-être même, tout au fond de moi, celui de Martha.

Emma pleure contre ma poitrine. Je suis assez embarrassé. Dois-je l'enserrer de mes bras ou au contraire la repousser doucement vers sa sœur qui se trouve à nos côtés et conserve, elle, toute sa maîtrise ? Nous sommes debout, sur le palier du premier. Je ne voudrais pas que la situation dans laquelle je me trouve donne à penser à Victoria ex-Heimrich que je lui préfère sa sœur, simplement il s'est trouvé que la Sainte a perdu tout contrôle sur elle-même quand je lui ai annoncé la nouvelle. Si je me suis d'abord adressé à elle, c'est à cause de la nuit de Noël et pour qu'elle ait, à l'avenir, une image de moi plus gratifiante.

Maintenant je repars sur de bonnes bases. À condition, encore une fois, que Victoria ne prenne pas ombrage de l'attitude d'Emma. De toute façon chacun peut voir que je ne profite nullement de la situation, que je conserve le buste légèrement incliné en avant, les bras pratiquement le long du corps. C'est absolument sans équivoque.

– Vous savez s'il a de la famille ? demande Victoria.

– Il n'en avait aucune, répond Emma.

J'ai le sentiment qu'il en est de même pour moi. Si, sur le point de rendre l'âme, quelqu'un me demandait le nom de mon parent le plus proche, je dirais :

– Martha.

– Martha comment ?

– Martha-le-brise-glace, du Montevideo.

J'ai réussi à me décoller totalement de la Sainte. Elle a séché ses larmes et repris son contrôle.

– Il va falloir s'occuper des formalités et de l'enterrement, dit Victoria. Voulez-vous que nous voyions cela ensemble demain matin, monsieur Miller ?

Je suis dans ma chambre, devant ma glace. Maintenant je sais qu'Heimrich me veut. Tel que je suis. Sans avenir et habitant au rez-de-chaussée. Elle me veut et elle a saisi au vol le prétexte de l'enterrement pour nous rapprocher. Dans cette affaire, je dois une fière chandelle à Benson. Les jours qui suivent seront décisifs et je risque fort de goûter au plaisir plus rapidement que je ne l'aurais cru.

La Sainte, sans doute bouleversée par les événements de la soirée, n'en finit pas de tourner en rond. Elle m'empêche de trouver le sommeil. Je suis moi-même très tendu et le serai tant que je n'aurai pas en main le certificat de décès. Le médecin ne se déplacera que demain matin. Pour me calmer, je vais aller discrètement m'assurer que Benson ne respire plus, qu'il est bien mort et que, par conséquent, ma sortie en ville avec Victoria ne saurait être remise.

Je n'ai plus aucun doute, cette fois. Le docteur est raide et livide. En fait il n'est plus docteur, il n'est plus rien du tout. En le voyant ainsi, barre de chair vouée à la vermine, je regrette d'avoir mis son doigt dans ma bouche. Si Domingo savait cela, il refuserait pour toujours d'être mon partenaire. Quand toutes ces affaires seront réglées, je fais aussi bien référence à l'enterrement de Benson qu'à l'amorce d'un nouveau type de relation avec Heimrich, quand j'aurai, donc, l'esprit libre, je m'amuserai à conquérir le volant de la Toyota et le siège de la Murray. Et il ferait beau voir qu'un rastaquouère m'en empêche.

Emma s'est couchée. Victoria aussi. Benson est mort. Je veille. Je suis le seul à garder les yeux ouverts à l'intérieur de cette maison plongée dans les ténèbres.

Je fume au milieu de l'insomnie et, par moments, je tousse. Je n'en éprouve pas réellement le besoin mais, en raclant ainsi ma gorge, j'essaye seulement de chasser ce léger sifflement qui remonte parfois de mes bronches irritées. Je ne supporte pas l'idée que quoi que ce soit puisse obstruer mon système respiratoire.

Dans nos conversations, Benson me reprochait souvent de ne pas croire en moi. Si je ne crois pas en moi c'est que je n'ai aucune estime pour l'espèce dont je fais partie, aucune fascination pour la vie. Je crois que, les derniers temps, Anna a eu une conscience aiguë de ces choses. Si, à la fin, elle ne me voyait même plus, c'est parce que je n'existe pas davantage qu'un insecte, parce que je suis aussi anecdotique qu'un protozoaire. Nous ne sommes pas le fruit d'une édition respectable. Dans ce monde, nous ne devrions jamais dormir deux fois au même endroit. Nous devrions seulement nous préoccuper de fuir devant la neige, la pluie ou les prédateurs, ne nous encombrer d'aucun attachement, d'aucune famille, ne pas procréer, ne rien posséder et n'avoir qu'une obsessionnelle pensée : contribuer dans la mesure de nos moyens à la disparition de l'espèce. C'est cela qu'Anna a essayé de me dire pendant plusieurs mois. Son but était ontologiquement juste. Disparaître tant qu'il est encore temps, tant que c'est encore possible, et surtout brûler, tout brûler derrière soi pour que jamais une évolution semblable à la nôtre, une pitrerie aussi prétentieuse, n'infeste le néant. L'idée de Dieu ne compte pas, seule importe l'altération que nous représentons face à la perfection du vide. Je surveille toujours les sifflements de mes bronches, je finis ma cigarette et j'ai la bouche sèche. Cette bouche qui, tout à l'heure, suçait le doigt d'un mort.

Lorsque j'ai dit à Domingo que je m'absentais deux jours pour enterrer un proche, il m'a présenté ses condoléances. Il est sorti de la Toyota et, très cérémonieusement, avec un visage de circonstance, m'a assuré de son soutien. Je l'ai trouvé grotesque. Quand il est reparti, je suis certain qu'il se réjouissait déjà de n'avoir pas à trouver de mauvaises raisons pour me priver de la Murray.

Je conduis la Volkswagen. Victoria porte un ensemble gris clair. Elle parle de la longue maladie qui a emporté son père, voilà des années. Je ne l'écoute pas. Je pense à ses jambes qu'elle a glissées sous le tableau de bord et à la nature de sa lingerie. Bientôt je saurai tout de cette femme.

Ex-Heimrich regarde le catalogue des cercueils. Elle feuillette ces pages avec autant d'indifférence que si elle examinait des couleurs sur un nuancier. L'employé des pompes funèbres lui demande si elle a une préférence concernant la forme, l'essence du bois, les ferrures. Elle répond que non, que tout cela est sans importance, elle demande un devis minimum.

– Nous pouvons vous proposer ce forfait, répond le préposé : enlèvement du corps, transport dans un de nos véhicules standard et mise en terre dans un cercueil en bois de pin, équipé de quatre poignées d'acier.

Victoria se tourne vers moi et je crois lire dans son regard bien plus qu'une approbation relative à la chose funéraire.

– Nous allons choisir cette option, dit-elle. Nous désirerions également que tout soit réglé aujourd'hui.

– Vous voulez dire « tout » ?

À voix basse, l'homme parle au téléphone. Il demande s'il peut s'engager auprès de sa cliente. Il explique qu'elle désire « tout » pour aujourd'hui. Il insiste sur le mot « tout » comme s'il recouvrait un arrangement grossier et obscène. Sans enthousiasme, il dit « bien » par trois fois et raccroche avec précaution.

– Nous avons une disponibilité en début d'après-midi.

Dans la rue, Victoria me donne le bras. Elle l'a pris naturellement quand nous sommes sortis des pompes funèbres. Mes oreilles bourdonnent, j'allume une cigarette.

Deux hommes de taille inégale se présentent à la maison à l'heure convenue. Je les conduis à la chambre du docteur Benson et, après avoir lu le certificat de décès, ils me demandent s'il faut changer le mort. Je dis que je ne sais pas.

– On vous pose cette question parce qu'il est raide comme du verre et si on doit l'habiller différemment, il vaut mieux que vous sortiez parce que le spectacle n'est pas joli à voir.

Benson porte une chemise et un pantalon de toile. Là où il va, il n'aura pas froid.

– Passez-lui une veste, ça suffira.

Benson est seul dans le fourgon mortuaire qui roule dans le flux de la circulation. Emma, Victoria et moi suivons dans la Volkswagen. Je suis au volant, Victoria se tient assise à la place du mort, Emma à celle de l'enfant sage. Je dis qu'il fait beau. C'est une vérité première.

Avec des à-coups déplaisants, le cercueil du docteur descend dans la terre. Benson n'étant pas croyant, il n'y a pas d'office ni de prêtre. Emma jette dans le trou quelques fleurs fraîches qu'elle a achetées près de la maison.

Après avoir échangé un bref regard, les convoyeurs

empoignent leurs pelles et, sans ménagement, recouvrent le cercueil de terre. Victoria serre mon bras, Emma sanglote sur mon épaule, je n'ai aucune peine, je ne ressens rien à l'exception d'une sorte de trouble gratitude à l'égard de Benson. Debout, dans ce cimetière, surplombant la mort, avec ces deux femmes en jupes à mon bras, je me sens bien, bien comme un homme perdu, un veuf divin, un maquereau céleste.

En attendant l'heure de monter chez Victoria qui m'a invité à dîner avec sa sœur, je range les modestes possessions de Benson.

Le tout tient dans deux cartons. L'ensemble de mes biens n'excède pas ce volume. Le soir tombe. Je m'assieds sur le lit de mon voisin. Le matelas et les draps sont frais, propres, à peine froissés, on ne devinerait jamais que la mort a couché ici cette nuit. Je ne veux pas penser à ce qui peut arriver tout à l'heure, à ce qui m'attend là-haut. Je dois aborder cette soirée avec des idées vierges.

Ex-Heimrich est une belle femme. J'ai eu tout le loisir de la détailler pendant le repas. Elle est plus âgée, plus marquée mais beaucoup plus attirante que sa sœur. Emma, prétextant une fatigue, nous a abandonnés il y a une heure. Victoria et moi reculons volontairement le moment où nous nous toucherons. Ma queue est au supplice. Mes pulsions sexuelles sont parfois si violentes que cela m'inquiète. Victoria ne fait même plus l'effort de redescendre sa jupe lorsque, sous l'effet d'un mouvement, celle-ci découvre ses cuisses. Nous sommes debout dans le couloir, face à face, nous caressant mutuellement. Nous regardons ce que nous faisons et comment nous le faisons. Je ne sais dire depuis combien de temps nous sommes ainsi, essoufflés, les muscles douloureux. Victoria s'enfonce dans ma bouche, je sens ses doigts se refermer sur mes couilles. Elle se redresse. Elle marche, je la suis. Elle relève sa jupe, enlève sa culotte, s'assoit devant moi sur la cuvette de faïence blanche des toilettes et, bruyamment, en emprisonnant mon regard, urine. Cela dure une éternité et le bruit de sa miction est assourdissant. Ex-Heimrich est plus belle que jamais, ses yeux se dilatent dans la pénombre, elle porte une main à sa poitrine, glisse l'autre entre ses jambes, se caresse lentement, puis, d'un mouvement brusque, me claque du pied la porte au visage. Je reste immobile, sidéré, silencieux comme un homme qui tombe d'un pont, puis, l'entendant gémir et jouir, je me sens soudain rempli de bonheur et, reconnaissant, sans dire un mot, je quitte l'appartement.

Je n'ai pas envie de me coucher tout de suite. Je fume une cigarette allongé sur le lit du mort. Je renifle ses oreillers. Benson n'avait pas d'odeur. Sa chambre est éclairée par la lumière de la rue. C'est un endroit idéal pour toucher une femme. Plus je pense à Victoria, plus ma queue me fait mal. Je dois absolument me soulager. Je vais faire cela à l'emplacement exact où, ce matin, reposait le docteur.

Sept

Je n'aime pas ce prêtre. Je trouve d'ailleurs très incorrect que le propriétaire de la maison lui ait reloué aussi vite l'appartement de Benson. Ce catholique a aménagé il y a à peine trois jours, soit moins d'une semaine après l'enterrement du docteur. Ce nouvel arrivant qui s'exprime avec assurance, pour ne pas dire avec arrogance, s'est présenté à moi sous le nom de Joseph Winogradov.

Ce matin, il a proposé à ex-Heimrich de la déposer devant son travail au prétexte que cela ne le détournait nullement du trajet qu'il empruntait pour se rendre à sa paroisse. Victoria a refusé, rétorquant poliment qu'elle aurait besoin de sa voiture durant la journée. Sur un ton mielleux, le prêtre lui a dit :

– Une autre fois, peut-être ?

J'espère bien qu'il n'y aura pas d'autre fois, et que chacun, dans la maison, saura garder ses distances. Serrer la main d'un pareil individu est déjà un acte de compromission. Je sais de quoi je parle, je l'ai fait. Sa peau est spongieuse, moite, avec des doigts flasques et fuyants, des doigts dont on ne sent jamais les os.

Winogradov est vêtu de façon très soignée, je dirais

même coquette et trop voyante en regard de sa profession. Seul signe distinctif de sa charge, une toute petite croix qu'il épingle au revers de sa veste. Dès qu'il sort de la maison, soleil ou pas, il met sur son nez de larges lunettes noires. Cela me paraît déplacé. Sa voiture est une quatre-portes dont la marque a une consonance coréenne ou japonaise.

Ce soir, rentrant assez tard du travail, j'ai trouvé Winogradov accoudé à la rampe du premier, en pleine conversation avec les sœurs Niemi. Il ressemblait à un tenancier de dancing devisant avec ses entraîneuses. Tout le monde avait l'air très décontracté. J'ai à peine dit bonsoir et je suis rentré chez moi. Dans ma poitrine mon cœur cognait comme un bélier.

Je me demande s'il plaît à ex-Heimrich. Si elle va l'inviter à entrer dans son appartement et pratiquer ses choses devant lui. Winogradov est très grand, pas loin de deux mètres. C'est un argument auquel une femme n'est pas insensible.

Il me semblerait plus logique que le prêtre se rapprochât de la Sainte. Mais l'idéal serait que, le jour, il se cantonnât à dire ses offices et qu'au soir, pour le reste, c'est-à-dire la gestion de ses gonades, il suivît à la lettre les prescriptions de l'Église. Winogradov, à qui je donnerais une quarantaine d'années, me semble malheureusement faire partie de ces curés modernes pour lesquels l'éjaculation est devenue un plaisant sujet de conversation. Je ne supporterais pas que Winogradov touche ex-Heimrich. Par ailleurs, connaissant un peu mieux ma voisine, je ne doute pas un instant qu'elle soit stimulée par la perspective de faire dresser l'organe d'un prêtre. Depuis la fameuse nuit de l'autre semaine, je n'ai pas osé lui proposer d'user du mien. Et d'ailleurs le ton de nos rencontres, qui se déroulent dans le couloir au gré du hasard, n'incite guère à ce genre d'invite. Nous échangeons des banalités amicales et des politesses convenues qui me paraissent totalement décalées par rapport aux moments que nous avons passés ensemble.

Je me demande quelle serait la réaction du prêtre en voyant Victoria sur la cuvette. Ces gens-là sont imprévisibles. Devant un tel tableau, effaré par tant de péché, Joseph Winogradov peut très bien tomber à genoux, se signer, battre sa coulpe et s'abîmer dans la prière. Je le sens pareillement capable de relever ex-Heimrich et de la prendre debout, porte ouverte, tel le Léviathan surgi des conduites de chlorure de polyvinyle. Je trouve cela tout à fait inacceptable de la part d'un homme d'Église.

Benson m'avait laissé le double de ses clés. Si Winogradov n'a pas fait changer la serrure, j'irai, à la première occasion, fouiller dans l'appartement.

Nous entrons, paraît-il, dans une longue période de chaleur. Je vais dormir les fenêtres ouvertes.

Sans doute est-ce dû à la tension accumulée ces derniers temps, mais je ne supporte plus les manières d'agir de Domingo Morez. Il vient encore de trouver mille mauvaises raisons de me priver de la Murray. J'ai quitté la Toyota en claquant la porte et ne l'ai pas aidé à soulever la machine pour la descendre sur les planches. Tandis qu'à l'ombre je m'équipe de ma combinaison et de ma visière, lui sue sang et eau sur le moteur de sa tondeuse. Le démarreur électrique s'étant révélé défaillant, il s'escrime sur le lanceur manuel. J'ignore le nom des gens chez qui nous travaillons, mais leur jardin est mal entretenu et plutôt sale, surtout à l'arrière de la maison où, près du mur de clôture, on a entassé des pièces de voitures rouillées à côté d'un réfrigérateur éventré. Domingo est enfin venu à bout de la Murray. Bien droit sur son siège, il commence le cycle de ses allées et venues. J'aimerais qu'il brise une lame. Qu'il la casse net.

Le père Winogradov est dans l'entrée. Il vide des cartons qu'il a déchargés de sa voiture. Il se tient devant sa porte ouverte et me tend sa main de poulpe. Ex-Heimrich est chez lui, elle entasse des livres et des dossiers dans la bibliothèque murale.

– Victoria a la gentillesse de me donner un coup de main pour ranger le plus gros. Faites-moi plaisir, pourquoi ne pas vous joindre à nous tout à l'heure pour prendre un verre dans le jardin ? Je pense que d'ici une demi-heure nous aurons terminé.

Je me trouve chez moi, enfermé à clé, rideaux tirés. Je suis essoufflé et mon cœur bat à toute force. Je n'arrive pas à reprendre mon calme, à me ressaisir. Quel toupet. Quelle audace. Ce cureton l'ignore peut-être, mais le jardin dans lequel il lance ses invitations est mon jardin. C'est mon jardin. Le propriétaire, lorsque nous avons signé le bail de location, a bien fait figurer sur le document que seul « l'appartement rez-de-chaussée 1 », c'est-à-dire le mien, possédait l'usufruit de la pelouse. Quel est donc ce mauvais pape qui semble prétendre le contraire ? Pourquoi Victoria traîne-t-elle chez lui ? Depuis quand cette femme, traductrice de nomenclature, polyglotte et clitoridienne, a-t-elle partie liée avec la religion ? Anna ne se serait jamais compromise avec un prêtre. Elle méprisait trop les soutanes, les hosties, les ciboires et tout le babil clérical. Elle ne se serait pas laissé embobiner par les prêches de ce Winogradov et jamais elle ne lui aurait rangé ses bibles. Ex-Heimrich me fait pitié. Qu'espère-t-elle de ce double mètre de l'Eucharistie ? Un membre sanctifié à l'épreuve du doute ? Une tige miraculeuse ?

Ils frappent à ma porte. Je ne réponds pas, je ne sors pas, je reste chez moi, seul, veuf et athée. Je m'enferme dans mes toilettes et j'urine dans l'eau de la cuvette.

Ils sont dans le jardin. Mon jardin. Ils fument et tiennent un verre à la main. Il fait presque nuit. Dissimulé derrière mes rideaux, je distingue à peine leurs voix. Assis sur ses talons, les bras plus longs que le torse, Joseph Winogradov ressemble à un grand singe d'Afrique. Les yeux baissés, Victoria lui parle. De mon point d'observation, on croirait voir un primate confessant une bienheureuse. Et pendant ce temps, que fait la Sainte ? Où est-elle ? Peut-être à l'étage, dans une posture semblable à la mienne, occupée à épier ce couple qui lui apparaît soudain luisant de désir, ce couple qui n'attend que la nuit noire pour s'entortiller dans l'herbe comme des vers de vase. Cette perspective me met très mal à l'aise.

Je viens d'aller vérifier que la clé de Benson ouvrait toujours la serrure de l'appartement du prêtre. J'en ai désormais la confirmation. À la première occasion, j'irai fouiller dans ses affaires. Je suis certain d'y trouver des choses intéressantes. Le couple se tient maintenant debout, plus près de ma fenêtre. Je suis dans le noir et je les entends distinctement :

– Il y a bien longtemps que je ne suis pas rentrée dans une église.

– Il faudra venir dans la mienne.

– La dernière messe à laquelle j'ai assisté, c'était il y a vingt ans, pour mon mariage.

– Vous seriez surprise de constater combien les choses ont changé depuis cette époque.

– Tellement de choses ont changé depuis cette époque.

– Votre sœur m'a dit que vous étiez divorcée. Il y a longtemps que c'est arrivé ?

– Bientôt deux ans.

– Votre nom, plutôt celui de votre ex-mari, me dit quelque chose.

– Bien sûr, vous avez même dû le rencontrer. Si vous avez acheté votre Hyundaï neuve, elle vient de chez lui.

– La concession Toyota-Hyundaï ? Écoutez, c'est très drôle, figurez-vous que j'ai justement un différend d'ordre juridique avec ce garage à propos de ma Hyundaï.

– Un problème de service après-vente sur une garantie ?

– Exactement. Comment avez-vous deviné ?

– Mon mari a toujours été incorrect sur les garanties.

– Cela me met dans une position délicate vis-à-vis de vous.

– Ne croyez pas cela, Hermann et moi n'avons plus aucun rapport et je peux vous avouer qu'il m'a facturé au prix fort la dernière révision de ma Mazda.

Je m'éloigne de la fenêtre. Je suis maintenant certain d'une chose : ils sont unis par un défaut de garantie. Un jour ils monteront ensemble à l'étage, ils reparleront de la concession, elle baissera sa culotte et urinera devant le prêtre.

Je ne dîne pas. Je bois juste un peu d'eau et je me couche. Cet appartement de plain-pied conserve la chaleur de la journée. Il est plus agréable en hiver qu'en été. Je pense m'endormir très tard. Je fume cigarette sur cigarette. Le tabac m'est d'un grand secours moral. Je me sens très proche d'Anna.

Domingo est pensif. La Murray est chaque jour de plus en plus déficiente. Après le démarreur bloqué, c'est la boîte qui donne ce matin des signes de faiblesse. Il n'est plus possible de passer que la seconde et la marche arrière. Bien évidemment cela a des répercussions sur la rapidité de la tonte. Domingo Morez ne terminera ce grand parc qu'en fin de journée. Il est midi et pour ma part j'ai ratiboisé, sans goût, tout ce qui dépassait, pelé les bordures et taillé quelques branches. Mon travail est fini. Je laisse Morez à ces chers décombres mécaniques dont il s'efforcera, avec encore davantage de soin, de préserver les lames. J'ai plus d'une heure et demie de marche avant de rentrer chez moi par le bord de mer.

Sur le parking de la maison il ne reste que ma Volkswagen. En été cette voiture est une véritable étuve. Il n'y a personne dans les appartements. La fraîcheur du couloir, dans l'entrée, m'incite à demeurer un instant assis sur les premières marches de l'escalier. J'ai toujours dans ma poche la clé que m'a confiée Benson. Personne ne rentrera avant ce soir.

Une odeur déplaisante, animale, règne chez Winogradov. Les fenêtres sont fermées et les rideaux tirés, mais dehors la luminosité est telle que l'on se dirige sans difficulté dans ces pièces closes.

La salle de bains est en désordre et des serviettes froissées traînent sur le rebord de la baignoire. Il y a des cheveux et des poils dans le lavabo. Le savon, de couleur rose, bouche partiellement le trou d'évacuation. La chasse d'eau des toilettes fuit. Winogradov utilise des rasoirs mécaniques bon marché. Sa brosse à dents est en piteux état. Je vois un tube de crème hydratante et un flacon d'eau de toilette de marque. Le curé s'occupe davantage de sa peau que de sa bouche. L'armoire de toilette est pleine de médicaments. Il y a notamment quatre petites bouteilles remplies d'un liquide jaune soufre. Posologie : deux cuillerées matin et soir. Indications : dyspepsie, gastralgie, gastrite. Joseph a l'estomac fragile. À voir également la quantité de somnifères qu'il stocke, on peut penser que son sommeil n'est plus de première qualité. Le contenu de cette pharmacie trahit les symptômes d'un homme qui n'a pas la conscience tranquille.

La cuisine n'a aucun intérêt. Elle ne sent rien et l'on ne dénombre que très peu de victuailles à l'intérieur des placards. Dans le réfrigérateur, il y a essentiellement des laitages. La chambre est beaucoup moins agréable que la mienne, beaucoup plus petite aussi. Je ne l'avais jamais remarqué du temps où le docteur vivait là. Les draps sont imprimés de motifs enfantins. En les soulevant, je m'aperçois que le matelas est taché en au moins trois endroits : deux auréoles claires et une marque brune relativement plus importante. Cette salissure se situe vers le milieu de la couche. Les taies d'oreiller sentent le suint et la transpiration. Je me souviens maintenant de n'avoir jamais vu le prêtre qu'avec les cheveux gras.

Sous le lit il y a une valise thermoformée de couleur beige. Deux étiquettes d'identification de bagages de compagnies aériennes sont accrochées à la poignée. À l'intérieur, trois grandes enveloppes apparemment remplies de courrier, un cahier à spirale, un appareil photo à développement instantané, un gros chapelet d'ivoire, une bouteille de vingt-cinq centilitres bouchée, deux lanières en cuir qui ressemblent à des poignets de force et une boîte de préservatifs. J'ai entre mes doigts la preuve irréfutable que le curé n'est pas chaste. La preuve irréfutable.

Je sors le courrier et le parcours au hasard : « ... ta mère et moi sommes encore tout émus par le cadeau que tu nous as apporté lors de ta dernière visite... », « ... et donc je ne crois pas que nous puissions retenir votre proposition, même sous forme d'amendement dans le compte rendu final de l'assemblée épiscopale... », « ... la consommation excessive d'huile et le jeu constaté sur le piston numéro trois ne peuvent résulter, selon notre expert, surtout avec un aussi faible kilométrage, que de la non-observation de votre part des régimes moteurs prescrits par le constructeur. En conséquence la garantie traditionnelle ne saurait être applicable... » C'est signé Hermann Heimrich, concessionnaire Toyota-Hyundaï. « ... je te souhaite beaucoup de réussite dans ta nouvelle paroisse. Ici tu me manqueras et c'est sans grande illusion que j'attends ton successeur... » Le paraphe est illisible.

« ... maman se joint à moi pour t'embrasser... », « il ne faut pas que tu te soucies pour nous, nous avons l'habitude... », « j'ignore si ce que nous faisons est mal, mais chaque jour qui passe me rapproche davantage de toi. J'aime ces moments, à l'église, où, agenouillée, je te confesse dans le détail les péchés de chair que nous avons commis ensemble la nuit précédente. Je ne supporte plus que mon mari me touche. Je viendrai chez toi cet après-midi après être allée chercher les enfants à l'école. Je ne pense qu'à ce moment béni où tu poseras tes mains sur moi. Je t'aime. Judith ». Il n'y a pas de nom, évidemment, pas de date non plus. Cette lettre est classée parmi du courrier remontant à deux ans. J'ai beau chercher, je ne trouve pas d'autres mots de cette femme. Sans doute était-elle une de ses anciennes paroissiennes. Ce document est incontestable. Il condamne Winogradov. Je cherche parmi les Polaroid une autre trace de cette Judith. Il n'y a rien d'explicite, sauf peut-être ce cliché où l'on voit une femme encore jeune et séduisante posant avec trois enfants devant une église.

Cette photo n'a de sens que si le curé a tenté de voler un fragment de cette épouse et de cette famille dont il ne fera jamais partie. Elle n'a de sens que si, derrière l'image insignifiante, se cachent les codes des miasmes. Absolument. Je ne suis pas dupe. On peut imaginer que Winogradov a utilisé la présence des enfants pour convaincre Judith de poser devant son église, devant leur église, devant ce confessionnal où ils s'enflammaient au rappel de leurs turpitudes.

Stimulé par mes déductions, mon cœur bat très fort. Je prends un stylo et, sous la photographie, sur la large bande blanche, j'écris en capitales : « Joseph baise Judith. » Ce n'est pas là commettre une imprudence. Il s'agit seulement d'instiller une forme de peur. Je remets tous les papiers en ordre, je referme la valise et la glisse sous le lit. Je me rends compte que je n'ai pas ouvert le cahier. Je décide de ne le consulter qu'à ma prochaine visite. Car je vais revenir ici. Je veux tout savoir. La bibliothèque du séjour est sans intérêt. Des revues océanographiques, un atlas géographique, des livres de théologie amassés au cours d'études que l'on devine peu poussées, des catéchismes et des romans, beaucoup de romans de deuxième rayon. Les tiroirs du bureau sont presque vides. J'y recense deux stylos à plume, des clés, deux paires de lunettes de soleil, des piles électriques et un échantillon de parfum féminin. J'approche la fiole de mon nez. L'odeur est à la fois fleurie et très poudrée. Bien portée, cette fragrance peut être excitante. Je suis certain que Judith mettait de cette essence chaque fois qu'elle allait sucer le curé.

Ma Volkswagen est un four. Je suis garé en plein soleil et mon visage ruisselle de transpiration. J'ai tout de suite remarqué, en arrivant, le coupé Mazda de ex-Heimrich rangé devant l'église de Winogradov. J'ignore ce que Victoria fait ici. Je n'ai pas osé entrer de peur de la rencontrer. On peut dire qu'elle n'a pas tardé pour accepter l'invitation du prêtre. Je ne pense pas qu'il ose la toucher dès la première visite.

Il la raccompagne à sa voiture et la salue longuement en prenant sa main dans la sienne. J'ai envie de hurler que ce pasteur est un imposteur, qu'il vit dans le mensonge, la duplicité, la lubricité, que ces doigts qui consacrent l'hostie sont entrés en Judith, et que ce corps démesuré et hautain dort dans des draps souillés. Victoria passe devant moi sans me voir. Je peux maintenant sortir de la voiture. J'étouffe.

Je marche dans cette église moderne, claire et sans charme. Le curé est dans la nef. Il parle avec de vieilles femmes qui serrent contre elles un bouquet de glaïeuls blancs. Je m'assieds sur une chaise, j'essuie mon visage et j'attends. À l'heure qu'il est, si la machine a tenu le coup, Domingo doit en avoir terminé avec le parc. Et Martha ? Est-elle déjà arrivée au Montevideo ?

– Monsieur Miller, quelle agréable surprise !

– Je passais devant votre église, je me suis permis d'entrer.

– Et vous avez bien fait. Pas plus tard que tout à l'heure, madame Heimrich est elle aussi venue me rendre visite. Décidément notre immeuble est un fervent vivier du catholicisme.

– J'aimerais me confesser.

– Maintenant ?

– Si c'est possible.

Je suis à genoux et lui, assis, je le suppose, de l'autre côté de la grille. Je me tiens à cette place que Judith, en un autre lieu, affectionnait. J'ai sur les lèvres les mots qu'elle devait lui dire et qu'il aimait entendre. Au lieu de les prononcer, je me contente de murmurer : « Bénissez-moi, mon père, parce que j'ai péché... »

Je n'ai pas péché. C'est Winogradov qui a fauté gravement, qui a convoité, touché et pénétré une femme. C'est lui et Judith qui ont maculé le lit.

– Depuis la mort de ma femme, je pense beaucoup à la chair.

– C'est une chose que l'Église peut comprendre.

– Je crois que cela va bien au-delà de ce qu'admet l'Église.

– Vous pensez à des actes contre nature ?

– Non, je désire seulement les femmes de manière abrupte et excessive.

– Ce problème est-il à ce point aigu qu'il vous soit arrivé de commettre un viol ?

– Non. Mais la nuit de Noël, de manière imprévisible, j'ai dévoilé mes parties génitales à quelqu'un.

– La nuit de Noël ?

– À minuit précis.

– La personne était-elle consentante ?

– Je ne crois pas.

– Nous sommes bien là en présence d'un péché qui pourrait être aggravé si la date avait été délibérément choisie dans une intention blasphématoire.

– Ce n'est pas le cas.

– Voyez-vous autre chose ?

– Je tache souvent mon lit.

– Je comprends.

– D'une manière plus passive, j'ai également conçu du plaisir à voir une femme se satisfaire devant moi.

– L'y avez-vous incitée ?

– Non.

– Vous êtes-vous délecté de ce spectacle ?

– Je m'en suis délecté. Est-ce là encore un péché ?

– Je vais dire une prière et vos fautes seront remises.

– Dois-je considérer la contemplation de la masturbation d'autrui comme une offense à Dieu ?

Il ne répond pas à mon interrogation. Je perçois sa gêne au travers de la grille. Faut-il interpréter ce malaise comme le signe qu'ex-Heimrich s'est déjà dévoilée à lui ?

Pour quelqu'un qui a une telle expérience, qui collectionne les auréoles sur les matelas et les préservatifs dans les valises, je le trouve bien limité sur le sujet. Et il est évident que rien ne peut le mettre plus mal à l'aise que d'évoquer les principes de la chasteté.

Winogradov ferme l'église derrière nous et monte dans sa voiture. Tout en bavardant avec moi, il fait démarrer son moteur. En l'entendant, je tends l'oreille et je dis : « Un piston. » Puis, l'air inquiet, rapprochant mon oreille du capot, j'ajoute : « On dirait que c'est le troisième qui cogne. »

Huit

Victoria et Emma sont parties à la messe de Joseph Winogradov. Je n'arrive pas à le croire. La température est accablante, il y a plus de quatre-vingt-dix pour cent d'humidité dans l'air, et ces deux femmes, qui m'ont toujours semblé d'un naturel nonchalant, s'habillent avec soin, un dimanche matin, et traversent la ville pour suivre l'office courant d'une religion qu'elles négligeaient depuis longtemps.

Sur le matelas du prêtre, il y a toujours trois taches. Le vice est pour l'instant à l'état stationnaire. Je ne pense pas que Winogradov ait eu à ce jour des rapports sexuels avec ex-Heimrich. Il en est encore à lui tourner autour, à lui donner la communion, à la distraire avec ses calices. Ce qui m'étonne le plus dans cette pavane, c'est que la Sainte se fasse complice de cette comédie, qu'elle conduise littéralement son aînée à l'étalon.

Je ne suis pas revenu fouiller ici depuis la semaine dernière. L'odeur corporelle qui flotte dans la chambre me paraît être encore plus prégnante. Ce lit me dégoûte. Il n'est jamais fait et des poils pubiens traînent sur les draps. La valise n'a pas bougé de place. J'ouvre les enveloppes, Judith est toujours là, devant le clocher et au milieu de sa marmaille. Judith a un visage mince, des cheveux relevés en désordre et paraît de taille moyenne. Je dirais que c'est une épouse quelconque, usée moralement par les maternités et la sexualité penaude de son mari. Sur la photo, on ne peut juger ni de ses jambes ni de sa poitrine, que l'on ne distingue pas. On ne se pose pas les mêmes questions à propos des sœurs Niemi, qui, sans doute au prétexte de la chaleur, se sont rendues à l'église en jupe très courte et totalement dépoitraillées.

Le cahier à spirale est une sorte de journal intime du prêtre où il note bien des choses relatives à sa foi. « Je suis à un point de ma vie où je me pose des questions sur ma place à l'intérieur de ma religion. J'ai toujours été rejeté, écarté par la hiérarchie. Je ne fais pas partie du sérail. On m'a toujours fait comprendre que je n'étais bon qu'à dire des messes dans des paroisses fréquentées par des classes moyennes, que je devais me consacrer à un travail de terrain et oublier l'idée d'obtenir le moindre poste de responsabilité. » Winogradov est rongé par l'ambition. Il ne l'écrit pas mais il rêve d'une crosse, d'une mitre, il souhaite la barrette, le chapeau rouge, il vise un siège au conclave et, pourquoi pas, le poste de camerlingue. « Je prends le sort que l'on me fait comme une pénitence. Cependant, le désespoir et la lassitude me gagnent peu à peu et il m'arrive d'aller chercher ailleurs l'espoir que l'Église me refuse. Peu fortuné, préposé à la quête et au baptême, privé d'avenir, il m'arrive de plus en plus souvent d'oublier mon vœu de chasteté. Ce que l'on attend de nous, clergé de base, est devenu trop difficile. Le peu de pouvoir que nous avions a disparu, nos revenus sont sans cesse rognés, socialement nous ne sommes plus considérés, et le devoir voudrait que nous périclitions ainsi, en silence, dans l'abstinence et la solitude. J'ai essayé à plusieurs reprises de faire entendre tout cela à ma hiérarchie. Elle n'a jamais voulu voir dans mes requêtes qu'une attaque voilée contre le célibat des prêtres. »

Ces digressions m'ennuient. Si Winogradov veut de l'argent et des filles, il n'a qu'à défroquer et postuler pour une place de vendeur chez Toyota-Hyundaï. Avec ses compétences de baratineur, il fera vite son trou et roulera bientôt avec un clone d'ex-Heimrich dans un modèle haut de gamme.

Il n'y a rien dans le cahier qui concerne ma voisine ou Judith. J'espérais quelques confessions salaces. Je suis un peu déçu. Il est temps de tout remettre en ordre dans la valise et de réintégrer mon appartement. Tout à l'heure ils vont revenir ensemble, tous les trois, unis et sanctifiés comme de bons catholiques. Je vais guetter leur retour derrière les rideaux de ma chambre.

Seule Emma est rentrée à la maison. D'après ce que j'ai cru comprendre, les deux autres sont repartis en Mazda déjeuner au bord de la mer. Autant dire que l'affaire est entendue et les bans quasiment publiés. Ce Winogradov est un cagot. L'idée de savoir ses mains flasques appliquées sur les cuisses d'ex-Heimrich me fait crisser des dents. Je ne peux plus rester enfermé ici, je dois sortir, marcher, me dépenser, nager.

J'espère que le parjure et la divorcée ne se baignent pas dans les parages, que nous ne trempons pas dans la même eau. Je suis convaincu qu'ils n'osent pas s'aventurer aussi loin de la côte. J'ai toujours été un bon nageur de brasse coulée, peu performant, mais infatigable. Le sel me pique les yeux. En ce moment je me sens très proche d'Anna. Chaque jour qui passe me dessille, me révèle ce que je n'ai pas su voir et comprendre quand elle était vivante. À la différence des exaltés, elle n'est pas morte aveuglée, mais, au contraire, en état d'extrême lucidité. C'est un excès de clairvoyance qui l'a tuée. La forme brutale qu'elle a donnée à son détachement n'a aucune importance. Quand je revois ex-Heimrich en train de se frotter à ce nonce en quête de prébende, quand je considère objectivement l'impuissance et la stérilité de la Sainte, j'en suis à regretter la violence concrète de cette soirée où ma femme me contraignit dans la buanderie, prétendant que je n'étais pas là.

Je regagne la plage à mon rythme, sans m'essouffler bien que la marée soit descendante. La lumière du couchant colore de manière outrancière les façades des maisons du bord de mer. Elles sont très loin de moi et j'ai encore beaucoup de chemin à parcourir avant de regagner la terre ferme. L'eau de mer entre dans mes oreilles, je l'entends glisser contre mes pavillons et buter sur mes tympans. Je ferme les yeux, j'avance dans le noir.

Être resté aussi longtemps dans l'Océan a refroidi la température de mon corps. Je m'installe au volant de la Volkswagen qui a emmagasiné toute la chaleur de la journée. C'est une sensation très agréable. Je ne démarre pas, j'allume une cigarette, la lumière du jour décline, un sentiment de bien-être se dépose en moi, je voudrais que le souvenir d'Anna m'apporte définitivement la paix, qu'elle m'éloigne des vaines tentations de la chair, je prie pour qu'elle rétreigne ma queue, et qu'elle me transforme en nageur de haute mer aveugle. En dehors d'elle, je ne connais qu'une autre femme susceptible de me ramener à la raison : Martha. Mais ce serait alors avec des arguments d'une nature toute différente. Bien que j'aie du mal à accepter ce fait, il est évident que je n'ai rien à espérer d'ex-Heimrich. Seul un miracle pourrait modifier le cours des choses. Mais je suis certain que le marchand d'hostie veillera à ce qu'il ne s'en produise pas. Et la Sainte ? Peut-être ai-je été trop sévère avec elle, trop sévère et trop brutal. La natation me fait beaucoup de bien. Elle affine ma lucidité et pondère mon jugement. En cet instant, Domingo Morez lui-même trouve grâce à mes yeux. Je lui pardonne ses bouffées d'autoritarisme et ses délires de propriété. La fumée du tabac emplit l'habitacle de la voiture, je mets le contact, le moteur se lance au quart de tour, j'écoute le bruit de cette mécanique fruste, simple mais cohérente, aucun piston ne tape, aucun.

Comme il fallait s'y attendre, le curé a été convié à dîner chez Victoria. Si tant est qu'elle ait été invitée, Emma a préféré rester chez elle. Je l'entends aller et venir au premier. L'atmosphère est étouffante, sans la moindre brise. Je mange seul, sans appétit. Il fait nuit noire. J'ai éteint toutes les lumières, ouvert grandes les fenêtres, et je me tiens debout près de la porte qui est légèrement entrebâillée. J'écoute et je surveille tout ce qui se déroule au premier étage. Emma a dû s'allonger car je ne l'entends plus. Je resterai dans cette posture la nuit entière s'il le faut. Je n'ai pas sommeil, la colère me tient en éveil. Je n'admets pas qu'un ecclésiastique prétende à la fois aux plaisirs d'ici-bas et à la vie éternelle quand, moi, très tôt, j'aurai été sevré des premiers et sans doute privé de la seconde.

Il est un peu plus de minuit. Je sais ce que je voulais savoir. Cette fois, il n'y a plus de doute possible. Je suis moite de rage et une névralgie me vrille le front. Il est inadmissible que Victoria se soit abandonnée à ce point alors que sa propre sœur habite juste de l'autre côté de la cloison. De mon poste j'ai tout entendu, absolument tout. J'imagine ce qu'a dû être le calvaire de la Sainte. Ex-Heimrich a poussé des cris. On peut appeler cela des cris. Quant au curé, il s'est relâché dans une sorte de bramement qui m'a semblé étouffé par quelque accessoire de literie. Je ne peux pas dire exactement combien de temps ont duré ces débordements. L'impact qu'ils ont laissé dans mon esprit est vraisemblablement sans commune mesure avec leur réelle durée. Winogradov sort de chez ex-Heimrich. Il referme la porte avec précaution et descend les marches en évitant de les faire geindre. Mais il ne les connaît pas, ignore les endroits sensibles, et, sous son poids, l'escalier craque comme la cale d'un navire. L'ecclésiastique passe à moins d'un mètre de mon œil, je respire l'air qu'il déplace, je guette ses mains, ces mains souillées qui, demain, distribueront la communion.

J'ai envie d'ex-Heimrich. Je veux que ma langue et mes doigts puissent aller aussi loin et profond que ceux du prêtre. Il m'est impossible de trouver le sommeil. La Sainte est-elle parvenue à s'endormir ? Est-elle confuse ou au contraire excitée ? Je voudrais fumer en sa compagnie. J'imagine quel serait mon plaisir de la voir et de l'entendre crier ! Anna n'a jamais décroché les mâchoires.

Je passe une mauvaise journée. Domingo et moi n'avons pratiquement pas échangé une parole. Il a consacré son temps à réparer la Murray tandis que je passais la motofaucheuse dans un champ de hautes herbes. La propriété est si vaste que nous devrons revenir demain terminer le travail.

Il conduit la Toyota qui nous ramène vers le centre de la ville. Le coude à la portière, je réfléchis à ce que je vais faire, à la façon dont je vais m'y prendre et aux conséquences que cela peut avoir. Domingo me dépose à deux rues de l'église, mes vêtements sentent la sueur, mes pieds transpirent.

Il n'y a que deux personnes qui attendent au confessionnal, deux femmes d'une cinquantaine d'années. Je m'assois à leur côté, je croise les doigts, j'attends.

– Bénissez-moi, mon père, parce que j'ai péché.

Derrière la grille, Winogradov me voit. Je ne fais rien pour dissimuler mon visage ou ma voix.

– Votre dernière confession est encore toute récente, monsieur Miller.

– C'est exact. Mais je pense avoir commis une faute dans des conditions qui me préoccupent.

– Je vous écoute.

– Cela a encore à voir avec la sexualité.

– Tout ce que vous dites ici, ce n'est pas moi mais notre Seigneur qui l'entend, vous le savez bien, et chacune de vos paroles s'enfouit à jamais dans le secret.

– J'ai eu à nouveau des pensées impures pas plus tard qu'hier au soir.

– Des actes ou seulement des pensées ?

– D'abord des pensées et ensuite des actes.

– Au sens où l'entend l'Église, il s'agit bien là d'un péché.

– Je n'ai pas fini. En fait, vous devez savoir que je ne suis pas réellement à l'origine de ces pensées, qu'elles ne sont pas venues spontanément dans mon esprit, mais qu'on les y a instillées.

– Vous voulez dire que vous n'êtes pas seul responsable ?

– C'est justement la question que je me pose.

– Il me semble que tout dépend de la part qu'autrui a prise dans cette suggestion.

– Justement, cette part me semble importante.

– Vous seul, connaissant les circonstances exactes, pouvez effectivement en juger.

– Je vais tenter de vous en donner le détail et peut-être pourrez-vous m'aider.

– Je peux en tout cas essayer.

– Cela s'est passé hier au soir. Après avoir dîné légèrement, je me trouvais chez moi, accablé par la chaleur et assis dans le noir. C'est alors que dans le silence j'ai commencé à percevoir, d'abord les gémissements, ensuite les exclamations de plaisir d'un couple en train de pratiquer le coït. Avant que cela ne se produise, je puis vous assurer que je ne pensais à rien de coupable. Mais dès les premiers râles, mes pensées m'ont échappé d'autant plus vivement que je connaissais la femme que l'on comblait. Cette intimité a stimulé mes fantasmes. Par la suite, je n'ai pu m'empêcher de me masturber.

– ...

– À votre silence, je comprends que le problème est complexe.

– Monsieur Miller... vous ne devez pas vous sentir obligé d'avoir recours aussi souvent à la confession pour des fautes bénignes.

– Comment pouvez-vous me reprocher de me confesser fréquemment quand mon interrogation et mon repentir sont sincères ?

– Je ne vous reproche rien. Vous êtes veuf et il est normal que, vivant seul, vous soyez torturé par la chair.

– Ceux qui ont provoqué chez moi l'éclosion de pensées impures ont-ils manqué à la règle ?

– Nous ne sommes pas là pour les juger mais pour vous absoudre.

– Dans ma pénitence, je prierai quand même pour eux.

Je suis agenouillé sur un banc du premier rang, dans la position du bigot contrit. Winogradov qui en a fini avec ses confessions passe devant moi et va mettre un peu d'ordre sur l'autel. Je vois ses mains grasses lisser les signets des Évangiles. En simulant à la perfection la sincérité naïve, je pense avoir abusé le prêtre. Maintenant il sait que de mon appartement j'entends tout et qu'à l'avenir ex-Heimrich et lui devront se refréner ou trouver un autre toit. Je ne pense pas que le curé aimerait avoir à supporter une nouvelle confession de cet ordre.

Malgré la chaleur, je regagne mon appartement à pied. Je marche sur le bitume fondant et j'ai l'âme aussi légère qu'une plume de canari. Je me dis qu'il est confortable de ne croire en rien quand on sait que l'on va mourir. Le soir tombe et je ne désire qu'une chose : retrouver Anna dans la buanderie, l'étreindre au milieu du linge et la toucher, même morte, même brûlée. Au détour d'une rue, j'ai l'impression de me trouver dans un pays étranger, un endroit où je ne suis jamais allé, où je ne connais personne et où nul ne parle ma langue. Il paraît que c'est là un signe de maladie mentale.

Emma Niemi se tient debout sous le frêne et arrose la pelouse.

Elle porte un short à revers et un maillot de corps en coton. Ses cheveux sont relevés sur la tête, et retombent en cascade sur le front.

– Il fait une telle chaleur que je me suis permis d'arroser votre gazon.

Je m'arrête et la regarde en souriant. Elle ajoute :

– J'espère que cela nous apportera un peu de fraîcheur.

Elle a employé le « nous » volontairement, en excluant les deux autres, sa sœur et le tartuffe, et en montrant, du menton, notre façade commune, avec mon rez-de-chaussée et son étage.

Assis près d'elle, sous l'arbre, je fume une cigarette. On parle de Benson, de sa douceur, de sa délicatesse naturelle, de cette sérénité qu'il apportait à la maison. Emma ne prononce pas un mot sur son successeur, elle se comporte comme si l'appartement n'avait pas été reloué, comme si le curé n'avait pas possédé sa sœur. Plus elle vénère le défunt, plus je sens qu'au fond d'elle-même elle récuse le nouveau venu. Est-ce par dépit, parce que Winogradov a choisi son aînée, ou bien réprouve-t-elle la débauche d'un prêtre ?

Nous fumons dans l'herbe humide en regardant parfois le ciel. Les bruits d'une nuit d'été nous parviennent confusément et l'aboiement lointain d'un chien se superpose au faible son d'un téléviseur posé devant une fenêtre. Des phalènes volent autour des lampadaires et, dans la rue, les gens sont assis devant leur porte tandis que de rares voitures circulent au ralenti. Emma Niemi ne m'apparaît plus comme une sainte. Ses jambes sont trop bien épilées.

Je lui propose de réchauffer une pizza et de la partager ici, dehors, sous l'arbre. L'offre semble l'enthousiasmer mais je ne peux m'empêcher de penser que ce dîner sur l'herbe lui donne surtout l'occasion de différer le moment où elle remontera là-haut pour endurer, de l'autre côté de la cloison, le tintamarre d'un ravissement que secrètement elle convoite.

Je suis allongé auprès d'Emma. Mes doigts tripotent des brins d'herbe pendant qu'elle parle. Jamais ma voisine n'a été à ce point accessible et jamais je ne l'ai aussi peu désirée.

– Qu'est-ce qui vous a pris la nuit de Noël ?

Elle n'aurait jamais dû me poser cette question. Le fait que nous ayons partagé un plat surgelé ne l'autorisait pas à m'interroger sur mon attitude. Emma Niemi sait parfaitement ce qui peut pousser un homme de mon âge à se présenter nu, à exhiber ce tronc commun, ces jambes maigres et ces pieds écœurants. Elle a vu la raideur tragique de ma queue, cette turgescence implorante, elle sait que je suis veuf et surtout elle n'a pu ignorer les traces sur son peignoir.

Je ne réponds pas. Mais le silence n'a pas vraiment le temps de s'installer entre Emma et moi, car de l'étage proviennent les bruits que nous redoutions. C'est elle qui crie d'abord. Des jaillissements de voix aigus, rapides et saccadés. C'est lui qui la rejoint, ensuite, en une longue et sourde plainte. Pétrifiée, Emma Niemi me fixe, ses yeux scintillent de rage. En cet instant, même si je ne saurais expliquer cela clairement, je sens le jardin s'emplir de l'odeur méphitique de la semence de curé. J'allume une cigarette et mes doigts tremblent d'émotion. Emma tente de se reprendre en adoptant un ton qu'elle voudrait dégagé.

– Pour la nuit de Noël, vous n'avez toujours pas répondu à ma question.

La nuit de Noël. Je me demande ce que faisait Joseph Winogradov. Était-il chez ses parents, attablé, les doigts dans le gras d'une dinde, ou bien assis dans sa Hyundaï de pacotille, la nuque raidie tandis que les petites mains de Judith le tripotaient ? Emma devrait monter à l'étage, frapper à la porte de sa sœur et interroger le prêtre. Moi, ce soir et à cette heure, je dois réfléchir à cette question capitale née des derniers événements : demain, irai-je me confesser ?

Neuf

Cette nuit, j'ai eu l'impression que l'on me regardait dormir. Ce n'est pas la première fois que j'éprouve ce sentiment. Il est totalement différent de celui qui m'obsédait pendant les derniers mois de la vie d'Anna. Je sens une présence dans la pièce, je ne suis pas seul. Allumer la lumière ne résorbe pas mon angoisse. Il m'est difficile d'être plus explicite. Je ne sais pas de quelle manière, ni qui m'observe et pourquoi, mais l'on m'observe. Ce matin, j'ai entendu Winogradov partir de très bonne heure. Avant que Domingo n'arrive, je dois faire quelque chose dans l'appartement du curé, quelque chose qui m'est venu à l'esprit au milieu de mon insomnie et qui me tient vraiment à cœur.

Cet homme n'aère jamais sa chambre. Avec cette chaleur, ses odeurs corporelles et son linge sale accumulé donnent à cette pièce des relents de chenil. Je ne dois pas m'attarder. Les gestes que j'ai à accomplir sont très simples. Dans moins d'une minute je serai chez moi. Je découvre le matelas en enlevant le drap, je décroche le crucifix qui est au mur et je le pose bien en évidence au milieu de la tache brune. Mon tableau a fière allure. Je referme la porte à clé derrière moi. Je suis dans mon appartement, sauvé, innocent, ignorant tout de ce qui se passe chez l'ecclésiastique, de ce Christ qui dégringole de son clou pour tenter de récurer les péchés des hommes. Je n'ai rien à voir avec cette mise en scène. Pourquoi voulez-vous d'ailleurs que quelqu'un perde son temps à agencer de pareilles sottises ? Et quand bien même, comment cet individu serait-il entré puisqu'il n'y a pas trace d'effraction ? Non, je suis trop innocent de tout pour m'intéresser davantage à votre histoire. Je suis né innocent, pur, immaculé, et en sortant du ventre de ma mère je n'ai souillé aucun drap, aucun matelas. Mon odeur est absolument neutre, je ne porte sur moi aucune marque de mon passage dans les entrailles d'une femme. Domingo klaxonne.

Morez est heureux. Le patron a fait réparer la Murray et changé toutes les pièces défectueuses.

– La machine est comme neuve. C'est comme si on repartait avec un engin neuf. Non seulement le travail sera mieux fait, mais nous irons plus vite.

– Je voudrais me servir de la Murray, ce matin, maintenant que tout est en ordre.

– Si le terrain est plat je te la laisserai essayer. Tu effectueras un ou deux passages.

– Non, ce que je veux, c'est faire tout le terrain.

Morez se rembrunit. Sa joie est tombée. Il sait qu'il est à bout d'arguments, que le levier de commande est neuf et que je suis tout à fait apte à le contrôler. Sans détourner les yeux de la route, il dit :

– Puisque c'est comme ça on tirera au sort.

– J'aimerais aussi conduire la Toyota de temps en temps.

– La Toyota ? Ah non, ça jamais !

Nous avons descendu tout le matériel. Domingo trouve toujours un outil à graisser ou à vérifier pour repousser l'instant du pile ou face. Je fume en attendant qu'il se résigne. Je fume à la manière d'Anna, le filtre coincé au coin des lèvres, la bouche tordue, les yeux mi-clos. Mon front est déjà couvert de gouttelettes de transpiration.

J'ai choisi face et c'est pile qui est sorti. La Murray démarre au quart de tour. Domingo cale ses grosses fesses sur le siège. Sans se retourner, comme s'il partait en voyage de noces, il me salue de la main. La lame tranche le gazon avec la précision d'un rasoir. Morez enchaîne les vitesses avec une dextérité de joaillier. Les inégalités du sol le font rebondir de bonheur.

Les massifs de fleurs que j'ai à nettoyer embaument. Je dois aussi tailler sept rosiers remontants qui sont tout enchevêtrés. Ma décision est prise. Je vais aller me confesser en fin d'après-midi. Le tourment que j'impose à Winogradov, bien qu'il soit vain, n'en demeure pas moins juste. Il me semble que la folle et le chien me soutiennent dans cette affaire. Je crois ne plus être le même homme que l'année dernière, et mon état d'esprit est à ce point différent aujourd'hui que si je devais me trouver à nouveau devant notre maison en flammes, sachant la bête et ma femme à l'intérieur, je crois que je me lancerais dans le brasier, non pour les sauver, mais pour les rejoindre. J'imagine que dans ce cas nous aurions à vivre des instants terribles, et que, même, peut-être, rendus fous par la férocité de l'incendie, nous serions amenés à nous mordre mutuellement. J'accepte toute cette horreur. Cela fait un long moment que la propriétaire de la maison, dissimulée dans un angle de fenêtre, surveille mon travail. Elle a peur pour ses fleurs. Je n'ai aucune raison de maltraiter des rosiers.

L'église est pleine de l'odeur du curé. À cette heure-ci il n'y a pas grand monde, ni sur les bancs ni dans les travées. Une seule femme attend près du confessionnal. Je la reconnais. Je suis sûr que c'est elle. Sa coiffure est différente, mais son visage est tel qu'il m'est apparu sur le Polaroid. Judith est revenue parmi nous. Elle se lève, elle entre dans la guérite, ils sont l'un à côté de l'autre. Je n'ai pas besoin d'écouter pour comprendre ce qui se passe. J'ai vu, j'ai lu, je sais. Elle dit qu'elle n'est pas là pour parler de ses fautes mais pour le voir, lui, celui qui lui a fait oublier ses propres enfants. Il prend sa tête dans ses mains, murmure qu'ils sont dans une église, qu'il ne peut pas l'écouter davantage, qu'elle ne doit plus s'agenouiller ainsi devant lui et prononcer de telles paroles. Elle répond qu'elle attend ce moment depuis si longtemps, qu'elle y a pensé si souvent, qu'elle veut qu'il pose à nouveau ses mains sur elle, ou au moins que, à travers la grille, maintenant, il la regarde et la désire. Il se tait. Elle ajoute qu'elle a mis cette robe exprès pour lui, cette robe qui dévoile ses seins, qui prend sa taille et moule ses fesses. Elle le supplie de lever ses yeux sur elle, ne serait-ce que par pitié. Le prêtre se demande comment il a pu autrefois la convoiter tant elle lui paraît aujourd'hui fade et sans attrait. Il n'éprouve rien pour elle. Il lui demande de partir et de ne plus jamais revenir. Les yeux de Judith se remplissent de larmes. Le visage du prêtre reste impassible. Judith le croit inaccessible et reclus dans sa foi, tandis que lui, les mains jointes, songe que cette femme qui pleure ne l'a jamais fait hurler comme ex-Heimrich.

Je croise Judith dans l'allée. Tandis qu'elle avance vers moi, j'ai tout loisir d'examiner les parties de son corps que dissimulaient ses enfants sur la photo. Ses seins sont tout menus et ses jambes trop courtes.

– Bénissez-moi, mon père, parce que j'ai péché.

– Monsieur Miller ?

– C'est exact.

– Je suis désolé, monsieur Miller, je ne peux pas vous entendre aujourd'hui.

– Vous le devez. Vous ne pouvez pas refuser une confession.

– Une autre fois, demain, je suis certain que la rémission de vos péchés peut attendre demain.

– Impossible. Maintenant.

– Bien, je vous écoute.

– Mes pensées impures sont revenues. Elles ont été provoquées par la même cause que la dernière fois.

– Je ne peux pas vous aider. La confession est une démarche grave, et la pénitence, un sacrement que l'on ne peut administrer aussi légèrement. Vos fautes ne méritent pas que vous vous précipitiez chaque jour dans une église, monsieur Miller.

– Vous devez m'écouter : leur débauche n'en finit pas de provoquer en moi le trouble. C'est grave. Ils me tourmentent en me ramenant toujours à la chair. Je n'ai pas à vous questionner, mais je sais que vous comprenez ce dont je parle. Vous ne pouvez pas l'ignorer, puisque ces ébats se déroulent chez nous, exactement au-dessus de votre appartement. Il est impossible que vous n'ayez pas entendu cet homme et cette femme.

– Monsieur Miller...

– Vous les avez entendus, mon père.

– Avez-vous d'autres fautes à m'avouer ?

– Il faut m'aider.

– Prions ensemble.

Je l'écoute réciter ses litanies. Mon visage est dans l'ombre. Je sens que mon estomac est parcouru par les fourmis du bonheur, mes muscles se détendent, un sentiment de calme et de paix dilate mes vaisseaux. Joseph Winogradov, lui, n'est pas au bout de ses peines. Chez lui l'attend une autre épreuve : affronter le regard d'un crucifix qui a passé la journée couché sur une tache.

Je suis allongé sur mon lit. La maison est infiniment silencieuse. Je me délecte de cette paix. Le curé n'est pas monté chez Victoria et elle n'est pas non plus descendue au rez-de-chaussée. Ma visite dans son appartement et mon passage à l'église ont eu un effet néfaste sur la libido de Joseph Winogradov. La folle peut être fière de moi. Chaque jour qui passe alourdit ma dette envers cette femme. Et pas plus les simagrées de l'absolution que les bouffonneries de la pénitence ne pourront absoudre l'offense de lui avoir survécu.

Au prétexte de prendre le frais, la Sainte m'a rejoint tout à l'heure dans le jardin. Elle a beaucoup parlé, à tort et à travers, comme la plupart de ces gens qui craignent les questions. Je pense qu'Emma Niemi est stérile. Et je ne crois pas me tromper. Je parierais que son ventre est une poche de glace, une banquise lisse prise dans une nuit polaire, où rien, et surtout pas un embryon, ne pourrait survivre. La Sainte est froide et stérile. En voulant traverser de tels climats, j'ai pris, sans le savoir, la nuit de Noël, des risques immenses. Finalement je ne regrette pas que les choses aient tourné à ma confusion. Emma n'est pas conçue pour recevoir ou donner du plaisir. La béatitude a pelé ses tissus, arasé les villosités de son désir. Elle n'est plus pourvue que d'orifices glabres, cousus au point de croix, fermés au monde, cicatrisés. La Sainte doit aller au curé et le curé à la Sainte. C'est ainsi. Quant à moi, l'impie, l'athée, qui ne porte dans mes entrailles que mon repas de la veille, qu'on me reconnaisse, à l'étage, tous les droits sur ex-Heimrich. Cette maison a besoin d'être remise en ordre. En fait il faudrait la brûler, entièrement, il faudrait que la folle incendie ce terrier pour tout nettoyer, purifier l'âme de Victoria comme le matelas du prêtre, et ensuite, ensuite seulement, nous pourrions reconstruire une structure harmonieuse, équilibrée. Je verrais bien une sorte de crèche pour les bienheureux qui pourraient ainsi s'adonner aux joies de l'Immaculée Conception, tandis que la divorcée et moi, nous nous accouplerions sans retenue dans une chambre à miroirs envahie de parfums entêtants et de fumerolles opiacées. Peut-être alors rencontrerais-je la grâce ?

Tandis que je me trouvais devant ma fenêtre, tout à l'heure, j'ai surpris les bribes d'une conversation qui se déroulait à l'étage entre Emma et ex-Heimrich. Je n'ai pas entendu grand-chose, mais ce que je rapporte m'est distinctement parvenu. Emma a demandé :

– Je me demande ce que tu trouves à ce type.

Et Victoria a répondu :

– Il est monté comme un âne.

Tandis qu'elles éclataient d'un rire adolescent, je m'écartais des vantaux, gêné, troublé, nerveux. C'est donc ainsi qu'est doté le révérend et c'est après cela que court Judith, un membre d'équidé, pour lequel elle est prête à blasphémer et se damner. Voilà qui me ramène pas mal de temps en arrière, en cette matinée d'il y a plus d'un an où, à mon bureau, j'ai lu la lettre d'Anna, cette lettre qui commençait par : « Mark est le vrai père de Thomas, et Cooper, celui de Charles. Ces deux hommes furent successivement mes amants et m'ont pénétrée jusqu'à ce que mon ventre craque. » La folle aussi semblait avoir été conquise par la longueur et le diamètre vigoureux de ces corps spongieux. Je n'ai jamais fait craquer le ventre d'aucune femme, et personne n'a comparé mes attributs à ceux d'une monture. Les seules observations que l'on ait jamais faites sur mon physique concernaient la maigreur de mes jambes et la voussure de mon thorax. Mais j'ai désormais trop de lucidité pour me préoccuper de ces anecdotiques conformations physiques. Je ne cultive plus que l'excellence de l'esprit, cette clairvoyance qui me permet de trier les moments de ma vie comme l'on triche aux cartes, calmement, lorsque l'on est sûr de sa technique et de ses doigts. Il faut que je dorme.

J'ai décidé de ne pas adresser la parole à Domingo de toute la journée. Lorsqu'il est passé me prendre, il a tout essayé pour amorcer une conversation. Sa logorrhée me faisait pitié. Il allait d'un mot à l'autre, se heurtait à mon silence, revenait sur ses pas, hésitait, tournait la tête vers moi, et se lançait dans l'impasse d'une autre phrase, contracté et méfiant comme un rat de laboratoire. Je n'ouvrirai pas la bouche jusqu'à ce soir.

Je l'aide à descendre la Murray. Aujourd'hui, c'est lui qui supporte tout le poids du moteur. Avant qu'il n'ait le temps de faire la moindre remarque, je m'assieds sur la machine, règle le starter, pousse la manette des gaz et vérifie que le levier de boîte est au point mort. À mon ordre, le monocylindre, quatre temps, douze chevaux, Briggs et Stratton, se lance dans un nuage de fumée bleue. Domingo Morez est debout les bras le long du corps. Je règle la hauteur de coupe en fonction des inégalités du terrain. Il me semble que je suis de retour chez moi, dans mon jardin, assis sur mon engin qui craignait l'humidité, allant et venant, évitant les souches, surveillant les parcelles d'herbes broyées qui jaillissent de sous le tablier comme une tempête de sable. Il me semble qu'Anna a pris la voiture pour aller faire des courses, qu'elle va revenir, chargée et, comme chaque fois, de mauvaise humeur. Il me semble que je vais regarder ses jambes, la finesse de ses traits, que sa voix va retentir dans l'entrée, que l'odeur de son tabac, le mien aujourd'hui, va emplir la pièce. Il me semble que je vais aimer et désirer cette femme, que tout va revenir en arrière, se remettre en place comme avant. Il me semble que l'incendie va s'éteindre de lui-même, que les cris vont rentrer dans les gorges, les murs retrouver leur couleur initiale, les meubles, leur place, le chien, sa nonchalance et Anna, son beau visage de dictateur de soie. Domingo Morez peut prendre la chose comme il le veut, je ne lâcherai pas la Murray de la journée.

Je vais le faire. Je vais le faire exprès. Le temps pour moi de retrouver la racine que j'ai repérée ce matin. Elle est là, énorme, arrondie comme un boa. Domingo taille une haie. Je vire près de lui. Il ne peut pas se douter de ce qui se passe dans ma tête. Cette fois je suis dans l'axe, bien aligné sur mon objectif, je roule droit dessus, j'abaisse la lame. Mon cœur s'emballe, je ne suis pas fou, je n'ai que trop longtemps supporté l'inflexibilité de mon partenaire. Il est temps désormais de le contraindre, de le ramener à ma raison. Je suis lucide, clairvoyant, je sais ce qui va arriver, je n'ignore rien des conséquences de mon geste, des incidents qu'il va engendrer. Mais je ne répondrai pas. Je n'adresserai plus jamais la parole à Domingo. La lame est au ras du sol, le moteur tourne à son maximum et sous mes pieds je sens vibrer les courroies d'entraînement sur les poulies. Anna m'aide. Anna me dit de conserver cette ligne, de ne pas dévier, d'être calme jusqu'au choc. Anna et le chien.

L'impact n'est pas très violent, mais le bruit qui le suit est en revanche assourdissant. La racine a faussé le tablier et tordu la lame qui continue cependant de tourner à une vitesse folle. À chaque rotation, je la sens cogner contre la ferraille et la rogner à la manière d'une fraise de dentiste. Je diminue les gaz et découple l'entraînement du rotor. Mon travail est terminé. Ma détermination a été remarquable. La réussite est totale. Domingo court vers moi, les sécateurs à la main. Il a le visage d'un homme auquel on vient d'annoncer que son enfant est en train de se noyer. La Murray n'émet plus aucun bruit. Il fait très chaud bien que l'après-midi tire à sa fin. Domingo Morez est un partenaire pathétique, sa course est grotesque, son affolement déplacé, et pour rien au monde je ne voudrais qu'Anna sache que je travaille avec un pareil olibrius.

– Descends, descends de là !

Domingo me pousse à bas de l'engin, l'empoigne dans sa structure la plus basse, le soulève sur deux roues comme un forcené, et au prix de contorsions pénibles, examine les dégâts et l'état de la lame.

– Nom de Dieu de nom de Dieu de merde ! On dirait un spaghetti. Bon Dieu, il l'a tordue comme un spaghetti !

Je n'en espérais pas tant. Je suis debout, sans émotion, les bras croisés, plus maître de moi que jamais. Mon cœur a retrouvé son rythme normal. Je sors une cigarette de ma poche et je l'allume. La nicotine m'apporte un surcroît de paix et de bonheur.

– Merde ! Tu l'as pas vue la racine ? On voit que ça ! On la voit de l'autre bout du champ, et toi, tu lui passes dessus ! Comment tu peux ne pas voir ça, comment tu fais ? Je peux pas le croire, bon Dieu de merde, je peux pas le croire !

Il faut croire ce que tu vois, Domingo Morez, comme je crois que ma femme a brûlé, que Martha a fracassé des vitres, que Benson est mort entre mes doigts, que le prêtre a taché son matelas, qu'ex-Heimrich l'a reçu en elle, qu'Emma m'a refusé et que mon chien jusqu'au bout a tiré sur sa laisse. À s'en arracher la tête.

– La première fois que tu la prends, tu la détruis ! La lame est foutue, le tablier est tordu et l'axe de la poulie d'entraînement est faussé. C'est pas possible, merde, tu l'as fait exprès ! Exprès !

Bien sûr, Domingo Morez, que je l'ai fait exprès. Mais c'est machinalement que tu prononces cette phrase, que tu énonces cette vérité. Ton pauvre esprit ne peut pas concevoir qu'il s'agit là d'un geste prémédité, guidé par la stricte volonté d'un homme, que j'ai visé la souche comme l'on pointe un canard, que j'ai conservé ma ligne comme l'on suit des rails, et qu'enfin, lorsque j'ai été prêt, j'ai sollicité toute la puissance du Briggs et Stratton.

– J'ai jamais vu ça en dix ans de boulot ! Jamais ! T'es bon qu'à tirer un râteau. C'est fou d'abîmer une machine comme ça. C'est le pire truc que j'aie vu de ma vie !

Reprends-toi, Morez, car, bientôt, tu seras confronté à des choses autrement insoutenables. Tu verras, quand tu n'auras plus la force de contrôler tes sphincters, que tes excréments s'écouleront lentement le long de tes jambes et que tu sentiras les tiens te nettoyer avec des gestes qui trahiront leur haine et leur dégoût. Tu verras, Domingo Morez, quand tu arriveras à l'article de la mort et que ton corps torturé, persécuté par la souffrance, couvert de sa propre fiente, implorera pour qu'on lui accorde un jour, une heure de plus. Tu verras, protecteur de Toyota et de Murray, économiseur de lame, employé scrupuleux, quand tu seras de l'autre côté, dans le vide du sac, que tu prendras conscience qu'il n'y a rien, rien sauf peut-être des vers, une femme et un chien qui t'attendaient pour te mordre éternellement.

– Ce que tu as fait là est intolérable, inadmissible ! C'est une faute professionnelle ! Tu m'entends, une faute professionnelle ! Tu te démerdes avec le patron, tu lui expliques, tu lui dis que tu as voulu prendre la machine contre mon gré et que tu as roulé sur une souche ! Une souche énorme, parfaitement visible !

Tu lui dis que tu as pété l'axe, la lame, le tablier ! Tu sais combien ça me fait à moi une lame, tu le sais ? Deux ans ! Deux ans, six cents jours ! Et lui, il prend la Murray un après-midi et il pète tout, tout ! Je peux pas le croire, je peux pas le croire !

Je m'en tiens à ma résolution : pas un mot. Je fume et je fixe Domingo.

– Qu'est-ce que tu as à me regarder comme ça ? Ce n'est pas moi qu'il faut regarder, mais ce que tu as fait. Vas-y, rends-toi compte ! Dis quelque chose, bordel de merde, excuse-toi au moins !

Cet homme est fou. Totalement cinglé. Voilà qu'il veut que je demande pardon pour avoir endommagé une tondeuse à gazon. Et à qui devrais-je présenter mes regrets ? À ce bloc de ferraille tordu, à cette barre de cent sous ou à son tuteur, son défenseur, son protecteur ?

– Bon, tu m'aides à remonter la machine sur la Toyota et on rentre au bureau. Faut que tu voies le patron. Moi je ne ramène pas tout seul un engin dans cet état. Même le levier de commande de hauteur de coupe a pris un choc ! Même lui, t'as réussi à le tordre. Tu l'as pas vue arriver, cette racine ? On la voit à plus de dix mètres, on voit que ça ! J'aurais jamais dû te laisser la Murray, jamais. Ce matin, quand tu es parti dessus, j'ai pressenti qu'il allait arriver un malheur. On peut dire qu'il est arrivé !

Je n'adresserai plus jamais la parole à Domingo Morez. J'ai honte d'être allé au Montevideo en sa compagnie, honte d'avoir assisté avec lui au spectacle de Martha. Il n'est pas digne de s'attabler dans ce bar et de boire des bières pendant que cette femme lance les joues de ses mamelles à l'assaut des parois de verre. Vivement que nous arrivions au bureau, je ne supporte plus sa voix et ses jérémiades qui me vrillent la tête.

Le patron regarde la machine. Il dit que c'est un sacré manque de chance que ce pépin survienne juste au moment où il venait de faire réparer la Murray. Il ajoute qu'on ne peut rien contre ces satanées racines, que c'est le pire ennemi du jardinier, et que du temps où lui-même allait chez les clients, il lui arrivait de fausser des lames et parfois de les casser net.

– Net ? interroge Domingo.

– Net, répond le patron.

Dix

Que viennent-ils faire ici ? Qu'est-ce qui leur prend ? Je n'ai rien à leur dire. Je déteste que l'on s'invite chez moi. C'est Charles qui a parlé, et comme toujours Thomas, son frère cadet, devait se tenir près de lui, immobile, avec ses bras trop longs et sa tête d'anguille. Ils ont téléphoné il y a une heure et je ne me suis pas encore remis de cet appel. M'annoncer comme cela qu'ils arrivent demain. Cela ne se fait pas. Ils n'ont qu'à aller chez Mark et Cooper, leurs véritables pères, on verra de quelle manière ils seront reçus. Je n'ai pas envie de rencontrer mes supposés fils. Nous nous sommes ignorés pendant un an et ce désintérêt réciproque me convenait parfaitement. C'est sans doute l'agrément du climat et la fin de l'été qui les attirent au bord de l'Océan. J'espère qu'ils ne feront qu'entrer et sortir. Il est hors de question que je les héberge, que je leur offre à boire ou que je les nourrisse. L'idéal serait qu'ils n'entrent pas chez moi, que la conversation soit brève et qu'elle se déroule sur les marches de la maison. Vous voulez savoir si je vais bien ? Jugez-en par vous-mêmes. Vous souhaitez profiter du beau temps et passer trois jours à la plage ?

Fort bien, le front de mer est plein d'hôtels. Vous me demandez si votre mère me manque ? Ne vous mettez pas en retard. C'est très gentil à vous d'être venus. Ils remontent dans leur voiture, je rentre chez moi et tout est terminé. Terminé. Sur ce sujet, la folle n'a pas son mot à dire. Je n'ai pas à fraterniser avec le fruit de la semence de mes amis. Rien ne m'y oblige.

La nuit est tombée. Une légère musique provient de l'appartement du prêtre. Je n'avais pas remarqué qu'il possédait un transistor. À ma connaissance, Winogradov n'est pas remonté chez Victoria depuis ma dernière confession qui date de près d'un mois. En revanche, j'ai remarqué, à plusieurs reprises, que la Mazda d'ex-Heimrich était garée aux abords de l'église. Il ne fait aucun doute que ces deux-là se rencontrent dans le lieu saint, et qu'ils s'enferment à l'intérieur pour forniquer plus à leur aise. J'imagine leurs cris emplissant la nef. Cela doit effrayer les rats. Je ne suis pas retourné fouiller chez Winogradov, ni inspecter l'état de sa literie. J'ai tort, tout peut arriver, je dois être attentif, constamment vigilant.

Depuis quelque temps, j'oublie pas mal de choses. On ne peut pas appeler cela des trous de mémoire, plutôt la perte du contrôle d'une certaine continuité dans le fil d'une journée. Il m'arrive d'être incapable de me souvenir de ce que j'ai dit, fait ou pensé pendant quelques minutes. Et plus je cherche, plus je tâtonne, plus ces petites anfractuosités du temps m'apparaissent comme des gouffres. Je perds peut-être la tête. Certaines tumeurs du cerveau entraînent ce genre de troubles. Il ne faut pas penser à des choses pareilles. La folle ne souffrait d'aucun mal, son esprit était seulement doté d'une exceptionnelle lucidité. J'espère que j'atteindrai un jour un tel degré d'excellence.

Depuis le jour où j'ai sciemment abîmé la Murray, je n'ai plus reparlé à Domingo. Malgré mon mépris affiché, cet employé, à la fois servile et mesquin, continue de venir me chercher à mon domicile tous les matins. Dans son esprit reptilien, la force de l'habitude a dû prendre le pas sur le ressentiment. Par deux fois, Morez a bien tenté un rapprochement. D'abord en me proposant de l'accompagner boire une bière au Montevideo, ensuite en s'excusant de ses brutales remontrances lors de l'accident. En écho à ses paroles, il n'a rencontré que le silence de mon visage muré. En revanche, quand nous sommes au travail, je continue à faire largement ma part. L'autre jour, j'ai délogé une vipère dans les hautes herbes. Elle n'a pas essayé de m'attaquer, elle a seulement redressé son cou. Nous sommes restés un long moment ainsi, face à face, immobiles, et puis, d'un geste rapide, avec la lame de la débroussailleuse, je lui ai tranché la tête. Il n'y a là rien de cruel, je suis payé pour nettoyer, je nettoie.

Je mange seul devant ma fenêtre. J'ai l'impression que les grosses chaleurs sont passées. Demain, j'aimerais mieux éviter que les sœurs Niemi et le prêtre rencontrent mes fils. Cela risque d'être difficile, la maison n'est pas très grande.

Cette visite me dérange profondément. J'en veux à la folle. Elle n'avait pas à mettre au monde cette paire d'inutiles. Elle n'avait qu'à prendre son plaisir comme elle l'entendait et aussitôt après tuer les complications dans l'œuf. Cette femme n'aurait jamais dû avoir d'enfants. Elle était faite, comme moi, pour la stérilité et le ventre plat. Que l'on ne me demande pas, demain, de flatter sa descendance.

La Sainte multiplie les allées et venues et fait un boucan du diable. Dans le ciel, la lune est pleine. Je pense que c'est pour cela que, dans la maison, tout le monde est agité.

Il est un peu plus de minuit, je ne dors pas, je fume sur mon lit en pensant à Benson. Il ne doit plus rien subsister de son corps à part les os. Je me demande à quoi peut bien ressembler le squelette du docteur. Humérus, radius, cubitus, fémur, tibia, péroné et la suite. Tant de travail accompli, tant de douceur chez cet homme pour ne laisser qu'un scrotum au fond d'une fosse. C'est la règle. Elle ne me gêne pas. Au contraire, j'aime vivre avec cette idée toujours présente à l'esprit. On n'a qu'un poids, celui de ses os. Le reste n'est que liquide instable, garniture passagère, manteau de gras, fourreau de viande. Je ne sais pas ce que l'on a fait des cendres d'Anna Miller. Sans doute les a-t-on emportées avec les gravats de la maison. Je crains de n'avoir ni la patience ni le courage de vieillir. Mes draps n'ont pas d'odeur. Je suis d'une propreté méticuleuse. L'été va finir et je ne l'aurai pas vu passer.

Je me suis levé de bonne heure. Maintenant, je me tiens debout dans l'angle, près de ma fenêtre. Je guette Charles et Thomas. Trente minutes que je les attends ainsi. Je ne veux surtout pas être surpris. C'est samedi et tous les locataires de la maison sont encore chez eux. Tôt ou tard, ils vont s'apercevoir de la visite des deux importuns. J'espère qu'ils sauront se montrer discrets. Charles et Thomas m'ont dit qu'ils arriveraient en fin de matinée, mais je préfère être sur mes gardes. De la fenêtre je surveille à la fois l'allée et la rue.

Winogradov sort de son appartement et s'installe dans le jardin, mon jardin, pour lire le journal. Il n'a rien à faire là, surtout aujourd'hui. J'espère qu'il aura déguerpi lorsque se présenteront les deux imbéciles. Il ne manque plus que les sœurs Niemi pour transformer la rencontre en réunion de famille. Winogradov s'est tourné, il m'a vu dans l'encadrement de la fenêtre, je ne peux plus m'éclipser, il me sourit, il me parle :

– Comment allez-vous, monsieur Miller ?

Je ne réponds rien, je fais simplement un léger signe de tête.

– Pourquoi ne pas apporter une chaise ? Nous pourrions bavarder.

Il faut qu'il se taise, et qu'il replonge dans son ridicule journal de nouvelles. Je ne peux pas aller dehors, c'est impossible.

– Il fait une matinée merveilleuse. Venez en profiter...

Je ne profiterai de rien. Je ne veux pas parler, ni me confesser, je suis là pour attendre deux bâtards. Winogradov ferait mieux d'aérer sa chambre, de retourner son matelas, de faire une bonne lessive et de laver les cheveux gras qui pendent dans son cou.

– Je vais vous chercher une tasse de café.

Bon Dieu, mais qu'est-ce qui lui prend ? Pourquoi ce soudain prurit de charité chrétienne, ces assauts d'amabilité ? Je me trouve dans un mauvais cas.

– Il est tout chaud, monsieur Miller.

Je suis assis à côté du prêtre, je me sens totalement ridicule.

Cet homme que j'ai humilié, espionné, dont j'ai violé l'intimité, auquel j'ai imposé des confessions grotesques, vient de retourner la situation en une minute.

– Goûtez-moi ce café, je l'achète au détail, je le fais moudre devant moi.

Ce café est imbuvable. Il est fort comme le fer. Pour ma part, je le bois très léger et sucré.

– Permettez-moi de vous poser une question, monsieur Miller. Vous-même ou d'autres personnes dans la maison ont-elles déjà été cambriolées ? Je vous demande cela parce que j'ai le sentiment qu'à plusieurs reprises, ces temps-ci, mon appartement a été visité.

Je dois continuer à boire calmement. Rester impassible. Me tourner doucement vers le prêtre et le fixer. Exactement comme cela. Lui faire baisser les yeux.

– Ce qui m'étonne le plus, c'est l'absence d'effraction. La porte n'a pas été forcée et les vitres sont intactes. Je ne sais quoi penser. C'est un sentiment très désagréable. Peut-être me suis-je fait des idées, bien que ce genre d'angoisse soit assez éloignée de mon tempérament. Pour être tranquille, je pense faire changer ma serrure. Qu'en dites-vous ?

Ce que j'en dis, prêtre roublard, c'est qu'il ne suffit pas d'être monté comme un âne pour m'émouvoir, moi. Ce que j'en dis, c'est que tu peux bien faire changer tous les verrous de la terre, il est trop tard. Je sais tout du mépris dans lequel te tient ta hiérarchie, tout des péchés tatoués sur ta literie, j'ai entendu Judith geindre et Victoria hurler, je t'ai écouté, toi, renier ta foi à gorge déployée. Tu peux blinder ton entrée, je ne me servirai plus de la clé du docteur, c'est tout. Simplement j'écrirai ceci sur ta porte : « Joseph Winogradov est un pharisien. » Et tout le monde comprendra.

Me voilà soudain bien embarrassé. Au moment où Charles et Thomas apparaissent au bout de l'allée, le prêtre s'efforce d'entretenir une conversation qui m'est fort pénible, tandis que mes pensées ne s'intéressent qu'au souvenir d'ex-Heimrich gémissant dans ses toilettes.

– Tu n'as pas changé, tu as l'air en pleine forme.

Charles m'embrasse. Non, c'est Thomas qui m'embrasse et Charles qui me donne une sorte d'accolade. À l'avenir, je dois impérativement éviter tout contact charnel avec mes visiteurs. Celui que nous venons d'avoir m'a profondément dégoûté. Les poils de mes bras en sont encore hérissés. Winogradov s'est levé. Il semble mal à l'aise, attendant que je le présente. Je m'efforce de prolonger ces instants de flottement jusqu'à la limite du supportable. En apprenant l'identité des arrivants, le prêtre est à la fois rassuré et abasourdi. Il semble avoir des difficultés à concevoir qu'un homme qui confesse avec constance son penchant pour la masturbation ait pu un jour féconder une épouse. Le fait est que je n'ai jamais fécondé personne.

Charles et Thomas sont vêtus, pour leur âge et compte tenu de la saison, de façon ridicule. L'aîné porte un costume gris, une chemise blanche boutonnée jusqu'au col, une cravate bordeaux et des chaussures noires. Le cadet est engoncé dans un complet bleu marine. Il est également cravaté et chaussé de cuir. On dirait deux concessionnaires de Toyota. Leurs cheveux sont courts et ramenés en arrière. Ils sont rasés de frais, leurs mains sont blanches, ils ne fument pas. Leur présence me met mal à l'aise, le son de leur voix me gêne. Rien. Ils n'ont rien de moi.

– C'est formidable, monsieur Miller. Vous avez deux grands fils magnifiques qui vous ressemblent.

J'aimerais clouer ce curé sur la porte de son église. Faire de lui un martyr. Ceindre son front d'une couronne d'épines. Et tatouer ceci sur son flanc : « Saint Winogradov, le fornicateur. »

Nous sommes chez moi. Le curé nous a accompagnés jusqu'à la porte. J'ai craint un instant qu'il ne nous impose sa présence.

– C'est ici que tu vis ?

C'est Charles qui parle. Thomas est debout, scrutant la pièce avec ses yeux de têtard. Thomas est très laid. Tout autant que l'était son père. Le bas de son visage est fuyant et il n'a pas de menton. On pourrait tirer une ligne entre sa lèvre supérieure et sa glotte sans rencontrer le moindre obstacle.

– Une chambre et cette pièce ? C'est tout ? C'est petit. Franchement, tu n'es pas très bien installé.

Charles possède l'arrogance et le charme de Cooper. Il s'est tout de suite installé dans un fauteuil et ne s'est pas encombré de formules pour me dire que je vivais comme un minable. Un bref coup d'œil, en entrant, lui a permis de juger de ma situation. Il s'adresse à moi sur le ton d'un créancier.

– Tu aurais mieux fait de conserver la maison. Au fait, on s'est arrêtés devant, en venant. Elle a été refaite entièrement.

Charles est très beau. Un sale type, très beau.

– De quoi vis-tu ?

– Je tonds des pelouses.

– Tu... quoi ?

– Je tonds des pelouses, je taille des haies, je suis jardinier dans une société d'entretien.

Charles fixe Thomas et Thomas fixe Charles. On dirait deux serpents auxquels je viens de couper la tête d'un coup de lame. Ils sont tout raides.

– Tu as abandonné ton travail ?

J'allume une cigarette et je m'assieds, chez moi, sur mon fauteuil.

– Si ça ne t'embête pas, éteins ça, Charles et moi nous ne supportons pas le tabac, vraiment, je t'assure. Je ne comprends pas, d'ailleurs, comment tu peux encore te détruire les poumons de cette façon.

Qu'est-ce que c'est que ces manières ? Depuis quand deux bâtards empêcheraient-ils leur prétendu père de fumer ? Depuis quand deux frères mal assortis voudraient-ils en imposer à celui qui a la faiblesse de les recevoir ? Depuis quand ces tartuffes qui ont grandi parmi les mégots seraient-ils allergiques aux cigarettes ? Pourquoi ces gosses sont-ils nés ? Pourquoi ne sont-ils pas morts dans le ventre de leur mère ? Pourquoi ne les a-t-on pas extirpés à la pince ? Il faut que je me reprenne. Je dois me calmer. Je continue de fumer, je ne m'emporte pas, ce sont les enfants d'Anna, c'est pour elle que je dois me tenir.

– Je t'en prie, papa, éteins ta cigarette !

– Fiche-nous la paix avec ça, Thomas, coupe Charles.

Charles est le patron. Il traite l'anguille avec rudesse. Thomas, en tordant la fente qui lui sert de bouche, l'air dégoûté, s'approche de la fenêtre et l'ouvre en grand. Il ne se serait jamais permis ces fantaisies devant Anna.

– Cela fait si longtemps. C'est bien de se retrouver. Raconte-nous un peu comment tu vis.

Charles est malin. Au lieu de m'attaquer de front comme son négligeable frère, il essaye au contraire de m'amadouer, de me mettre en confiance afin que je parle, que je me livre, que je me dévoile. Charles ne m'aura pas. Je m'en tiens à des confidences professionnelles : je tonds, je coupe, j'arase, je scie, j'élague, je tronçonne, je ratisse, je désherbe et parfois je greffe. Je travaille avec un partenaire du nom de Domingo Morez. Nous nous déplaçons en Toyota à plateau. Le week-end, je vais à la plage et je nage beaucoup. Charles hoche la tête comme quelqu'un qui comprend qu'il s'est fait avoir, qu'il n'aura rien de ce qu'il espérait. Pendant ce temps, son imbécile de frère ouvre toutes les fenêtres de l'appartement pour ventiler l'air vicié.

– C'est la première fois depuis la mort de maman qu'on est réunis tous les trois, continue Charles.

À nouveau dans mon esprit surgit l'image d'ex-Heimrich installée sur ses toilettes. J'ai envie de cette femme, de ses jambes qui glissent l'une contre l'autre, j'ai envie de tout ce que je n'ai pas reçu et qu'elle a donné au prêtre. Je n'entends plus ce que raconte l'aîné des parasites, je ne l'écoute plus, il me fatigue, je bande.

Comment ai-je pu vivre sous le même toit que ces deux blattes, les élever, leur parler chaque jour, les porter dans mes bras, appeler le médecin quand ils étaient malades, leur apprendre à nager, à lire, à compter, comment ai-je pu ? Pourquoi ne me suis-je aperçu de rien, n'ai-je pas pressenti qu'ils n'étaient pas de moi, qu'ils n'avaient rien de moi, pas un atome, et qu'au fond d'eux-mêmes ils me tenaient pour un étranger ? Je ne donnerais pas un centimètre carré de ma vieille peau pour sauver la vie de ces deux anodins personnages. Leur mère était un prédateur flamboyant. Eux me semblent se satisfaire d'une condition de rongeur de laboratoire.

– Si on allait déjeuner au bord de la mer ? dit Charles.

Je n'ai ni les moyens ni l'envie de nourrir les frères Miller.

– On t'invite, papa. Cette année a été bonne pour nous, on a rentré beaucoup d'argent.

Je ne leur pose aucune question sur leur travail, je ne veux pas savoir ce qu'ils font ni de quoi ils vivent. Je constate seulement qu'ils portent des vêtements qui vont nous faire remarquer. Ici, on n'est pas dans le Nord.

Nous quittons l'appartement sous les yeux du prêtre qui nous salue avec son journal. À l'étage, il m'a semblé deviner la silhouette d'Emma. Nous montons dans une énorme voiture de location d'un blanc si violent qu'il agace les dents. Nous roulons vers l'Océan. Comme si cela avait quelque chose de remarquable les frères me disent qu'il y a une heure à peine ils étaient encore dans l'avion. Ils semblent n'avoir pas de bagages et voyager en veston. J'en déduis qu'ils repartent ce soir.

Onze

Ils ont toujours le même appétit et cette déplaisante façon de se jeter sur les aliments. Du temps où ils vivaient chez nous, j'ai essayé de pondérer cette voracité. En vain. Nous sommes installés à une table devant l'Océan, dans une zone non-fumeurs. Ce sont eux qui ont choisi le restaurant. Je n'ai pas faim, je les regarde dévaster les entrailles des crabes, glisser leurs grandes lèvres à l'intérieur des carapaces, faufiler leurs langues entre les cartilages et sucer les pattes des crustacés. Ensuite ils s'attaquent aux araignées de mer, à des mollusques, et aux queues de langoustes. Hormis quelques observations, dont je me passerais bien, sur la texture des tissus qu'ils mastiquent, ils parlent peu.

– Sers-toi, tu ne manges rien, dit Charles.

Je ne peux rien avaler. Quand je vous vois à l'œuvre, lapant, grignotant ces carcasses, arrachant une patte, la broyant, aspirant l'intérieur d'une tête, il m'est impossible de partager votre repas. Personne ne pourrait déjeuner en face de vous. Vous ressemblez à des animaux sauvages, des fauves, le cou rentré dans les épaules, vous surveillant l'un l'autre, attentifs à ce qui reste dans les plats, cherchant ce que vous pourriez bien encore engloutir.

À la manière dont vous êtes vêtus, aux plats que vous avez commandés, je vois bien, comme vous vous en étiez déjà vantés, que l'année a été bonne pour vos affaires. La mort de votre mère vous a bien profité. Je ne veux pas poser la moindre question relative à votre réussite. Vous n'attendez que cela pour m'assener vos chiffres. Je vous soupçonne de n'être venus que dans le but de me fourrer votre argent sous le nez, de me transporter dans votre réfrigérateur de louage, de dépenser en un repas ce que je gagne en un mois, d'évoquer vos déplacements en avion et vos démêlés avec vos fournisseurs. Seulement moi, je ne veux rien savoir, rien, ni de ce que l'on vous fournit, ni de ce que vous fournissez. Je ne mange rien, je vous regarde seulement vous empiffrer, jouir de ce que vous avez payé, je vois vos doigts entrer dans vos bouches, des filaments de chair se glisser entre vos dents, et je pense à Mark et Cooper, mes anciens amis, vos pères qui, par bonheur, n'assisteront jamais à pareil spectacle.

– Tu sais, souvent, avec Thomas on parle de toi. On se demande comment tu vis. On a pensé à t'appeler plusieurs fois. Et puis tu sais ce que c'est...

Non, je ne sais pas. Moi, quand je veux téléphoner, je décroche le combiné et je fais le numéro, c'est tout. Et à l'autre bout généralement quelqu'un répond. Rien n'est plus simple. Vous avez déjà des tournures de phrase de vieillards. Vous êtes prétentieux, prévisibles et menteurs.

– Pourquoi ne viendrais-tu pas nous voir dans le Nord ? Tu verrais comme nous sommes bien installés.

Nos appartements et les bureaux de la société sont situés dans le même immeuble. On a une belle vue sur la rivière.

Je n'écoute plus ce genre de choses. Maintenant j'aimerais que leur mère entre dans le restaurant, qu'elle se plante devant eux, qu'elle les envoie se laver les mains immédiatement, et qu'elle leur rappelle les rudiments du maintien lorsqu'on se retrouve assis à une table. Oui, il faudrait qu'Anna soit là, debout face à la mer, folle et vivante, qu'elle soit à mon côté, contre eux. L'anguille est proprement répugnante. Je n'aurais jamais supporté d'avoir un enfant tel que Thomas. Comment ai-je pu vivre avec lui aussi longtemps ? En fait cela me paraît si lointain que j'en conserve à peine quelques images. Par exemple, je n'arrive pas à me souvenir d'avoir fait acte d'autorité, ou d'avoir témoigné de la tendresse à ces deux-là. Ne subsistent dans ma mémoire que quelques traces de déplacements en voiture quand je conduisais les frères à l'un ou l'autre de ces centres sportifs dispendieux dont ils raffolaient. C'est tout.

– Tu te souviens quand, avec maman, vous nous ameniez manger de l'espadon dans ce petit restaurant sur le port ?

Je n'ai jamais mangé d'espadon et nous ne vous avons jamais amenés au restaurant. J'ai toujours eu honte de vous. Votre mère aussi. Je me lève, je n'en peux plus, je leur demande de m'excuser un instant.

Il me fallait cet air du large. J'avais besoin de cette cigarette et de ce silence. Je devrais fuir, partir à toutes jambes et les laisser à leurs agapes.

– Je parie que tu es allé fumer.

C'est l'anguille qui parle en mastiquant encore des aliments dans sa bouche.

– Je suis allé fumer.

– C'est quand même incroyable que tu ne puisses pas te priver pendant une heure !

J'aimerais avoir un gros hameçon, le lui crocheter dans la gorge et le laisser pendre au bout de ma ligne. Ce gosse est tout juste bon à donner aux poissons. Cela ne sert à rien de m'échauffer. Ce soir ils seront loin, en l'air, et avec un peu de chance leur avion manquera la piste d'atterrissage.

– On n'a jamais pu en parler ensemble. Je sais que c'est difficile. Mais est-ce que tu pourrais nous expliquer pour maman ?

Je comprends leur stratégie. Thomas m'agresse et Charles s'adresse à moi avec douceur. En alternant le chaud et le froid, ils espèrent me déstabiliser. C'est un peu simpliste. Ce genre de méthode marche peut-être dans leurs affaires, mais moi, je ne tomberai pas dans ce piège.

– Papa, personne ne nous a jamais rien dit. On sait seulement qu'elle s'est suicidée en mettant le feu à la maison.

Charles en est réduit à m'appeler papa et à employer son petit ton mielleux.

– Écoute, le temps des mystères et des secrets, c'est fini ! dit Thomas. On a passé l'âge. On a le droit de savoir !

– Ne parle pas sur ce ton à papa !

Leur numéro est très au point. Je les regarde et déjà je ne les vois plus. Ils ne sont plus pour moi que deux victimes des transports aériens, deux corps désarticulés arrachés à un siège d'aéroplane. Autour d'eux je n'aperçois que des cadavres calcinés qui leur ressemblent. Au milieu des décombres de la carlingue en flammes, une femme se tient debout avec un chien couché à ses pieds. C'est leur mère. Ils n'ont qu'à la questionner, lui demander des comptes. Mais ils n'osent pas. Ils ont peur d'elle et du chien. Ils savent qu'au premier mot la folle et la bête les mordront.

– Notre problème, continue Charles, c'est qu'on ne comprend pas. La dernière fois qu'on vous a vus ensemble, tout avait l'air de bien marcher, vous sembliez heureux. Une semaine avant sa mort, j'ai même appelé maman au téléphone, elle avait une bonne voix, elle ne paraissait pas dépressive. C'est pour ça qu'on se pose des questions avec Thomas. On se demande comment tout ça a pu arriver si vite.

Je sors une cigarette de mon paquet.

– C'est une table non-fumeurs, merde !

Je sors une cigarette de mon paquet, je la porte à mes lèvres, je l'allume, j'inhale la fumée. Je n'entends ni les récriminations véhémentes de l'anguille ni les demandes d'explication polies du bellâtre.

– On a le droit de savoir, papa.

– Laisse tomber, tu vois bien qu'il ne dira rien. Il ne fallait pas venir, je t'avais prévenu. Ça ne servait à rien. De toute façon, la réponse qu'on lui demande, il nous la donne sans le vouloir. C'est à cause de lui, à cause de ses silences, de sa nullité que maman est morte ! C'est lui qui l'a poussée au suicide ! J'en ai rien à faire qu'on nous regarde. Il y a plus de vie dans cette assiette de fruits de mer que dans la cervelle de ce type ! Depuis qu'on est petits tu nous as toujours fait chier, toujours fait honte, et maman, elle, n'en pouvait plus. Quand on est partis, elle s'est retrouvée seule. Et c'est ça qu'elle a pas supporté.

– Thomas, ça suffit.

– Écoute, Charles, au bureau c'est toi le patron, mais pas ici ! Cette fois tu me laisses tranquille ! Ce que je veux que tu saches, Paul Miller, c'est que j'ai rêvé cent fois que c'était toi qui étais resté dans l'incendie, que tu t'étais consumé tout entier, et que le vent avait dispersé la plus petite de tes saloperies de cendres. Aujourd'hui je donnerais tout pour que maman soit assise à ta place. Maman, elle pensait comme moi, elle s'emmerdait avec toi, elle s'est emmerdée toute sa vie avec toi.

La colère de Thomas a l'air sincère. La tension qui anime son visage durcit ses traits habituellement si flasques. Je n'ai pas le souvenir d'avoir vu cet enfant se mettre une seule fois dans cet état. Les responsabilités dans son travail et le climat du Nord ont raffermi son caractère. Dans l'accident d'avion, j'espère qu'il ne souffrira pas, qu'il mourra d'un coup.

– Ça ne sert à rien de parler comme ça, Thomas. Papa, aide-nous ! Toi seul sais la vérité.

Charles est aussi disgracieux moralement que son frère peut l'être physiquement. C'est dire si je le soupçonne d'avoir une âme veule, d'être une larve, un ver de vase. Je me lève doucement. Mon regard embrasse les bâtards. Ils ont leur billet d'avion en poche. Je ne les reverrai jamais.

Je ne retourne pas tout de suite chez moi. Je marche au soleil sur la promenade. C'est la plus belle période de l'année. Je suis veuf, et je n'ai jamais eu d'enfants. Je suis bien. Toute ma vie s'étale devant moi, à perte de vue. L'Océan roule des vagues blanches et les mouettes rieuses attendent la marée. Sur la plage, des familles unies vont et viennent. Il y a bien longtemps, la mienne devait offrir ce spectacle rassurant. Mais tout cela remonte si loin que ma mémoire n'arrive plus à identifier chacun des membres qui la composaient. Je me souviens qu'il y avait une femme et, bien sûr, des enfants. La femme s'appelait Anna. C'était ma femme. Pour les enfants, mes souvenirs se brouillent. La seule chose dont je sois à peu près sûr, c'est qu'il y en avait un qui était très laid et en compagnie duquel je ne souhaitais pas être vu.

Je me doutais que Winogradov guetterait mon retour. Il est encore dans le jardin, mimant maladroitement une sieste. Au moment où je vais passer près de lui, il va écarter la feuille de journal qui est posée sur son visage et tenter d'amorcer une conversation à propos de la visite des deux étrangers.

– Monsieur Miller, déjà de retour ?

Mon niveau de lucidité et de clairvoyance est tout à fait satisfaisant. Je dois cependant tempérer cet optimisme en convenant que les comportements animaux et cléricaux sont d'un niveau assez primaire et donc facilement prévisibles.

– J'ignorais que vous aviez des fils aussi grands.

– Je vous verrai à la nuit tombée.

– Pardon ?

– Vous avez parfaitement entendu.

Je referme ma porte d'entrée. Je tire les rideaux de mon séjour. Je parlerai quand je le déciderai et à qui je voudrai. Telle est désormais la règle. Quelle est cette manière d'engager la conversation en commençant par « j'ignorais que » ? Comment aurait-il pu savoir quoi que ce soit concernant ma vie ? Il ne détient aucune clé, aucun passe, ma literie est immaculée et je ne cache pas de photos ni de lettres compromettantes. J'irai le voir ce soir et nous parlerons. En fait c'est moi qui parlerai. Je lui demanderai de s'asseoir et je resterai debout. Peut-être ferai-je quelques pas. Il est temps de régler certains détails.

Il y a de grandes chances pour qu'au moment où je pénétrerai dans son appartement l'accident d'avion se soit déjà produit.

J'ai mal à la tête. Il faut que je me repose, que je dorme un moment.

Je n'ai pas faim. La faim est un besoin parasite. Je ne dois plus désormais me concentrer que sur des fonctions essentielles. À cette heure-ci, Charles et Thomas sont morts. L'accident est inexplicable. Il fait nuit noire. Je me change, je passe des vêtements propres et repassés. Leur contact m'est agréable.

Je suis devant la porte de Winogradov. Il n'a pas encore fait changer la serrure. De ma poche je sors la clé de Benson. J'entre. Les lumières sont éteintes. Je me dirige jusqu'à la chambre. Le prêtre dort. J'allume.

– Monsieur Miller !

– Je suis venu pour parler.

– Quelle heure est-il ?

– Je ne sais pas.

– Comment êtes-vous entré ?

– Avec ma clé.

L'odeur me semble moins forte que lors de ma dernière visite. Le visage du prêtre est froissé comme une vieille robe. Le désordre de son lit qui révèle un sommeil agité témoigne aussi des troubles de sa conscience.

– Votre clé ?

– Ça n'a aucune importance. Je suis venu vous dire plusieurs choses. D'abord que je suis au courant de tout. Je sais tout sur Judith et le mépris de la hiérarchie.

– Comment avez-vous pu ?

– Restez couché. Je n'ai pas à répondre à des questions, Winogradov, je ne suis pas là pour ça.

– C'est donc vous qui vous introduisiez chez moi.

– Pendant que vous vous introduisiez en ex-Heimrich. C'est la loi du monde, le mimétisme de l'espèce, ni vous ni moi ne pouvons y échapper. Maintenant, pour votre gouverne, apprenez ceci : mes fils, qui ne sont en réalité pas mes fils, ont trouvé la mort tout à l'heure dans un accident d'avion.

– Un accident d'avion ?

– Ils ont brûlé vivants, comme leur mère. Elle est d'ailleurs venue les voir dans la carlingue, avec le chien pour leur demander des comptes. Ils ont dû s'expliquer sur la manière dont ils se sont adressés à moi à midi.

– Monsieur Miller, je...

– Ne m'interrompez pas. Il faut rester allongé et m'écouter jusqu'au bout. Vous devez remettre vos draps en ordre afin qu'ils dissimulent autant que faire se peut les taches qui maculent votre matelas. Ensuite, quand tout sera lisse, quand l'apparence de la paix et de la chasteté sera revenue, alors, si vous le désirez, je vous entendrai en confession.

– Tout ce que vous dites n'a aucun sens. Vos fils ont réellement eu un accident d'avion ?

– Ne bougez pas. Il n'est pas question que vous vous

leviez avant que j'en aie terminé. Je marche autour de votre lit et je dois marcher seul. Ne parlons plus de Charles et Thomas. Ils sont morts comme Judith est morte le jour où vous l'avez répudiée dans le confessionnal de votre église alors qu'elle venait implorer votre semence.

– Monsieur Miller !

– Je sais tout, absolument tout de votre lubricité et de la taille démesurée de votre sexe. Restez couché ! Vous voyez ex-Heimrich à la chapelle et comme si cela ne suffisait pas, vous la faites crier, la nuit, à l'étage. C'est pour toutes ces raisons que je dois vous entendre en confession. Il est indispensable de tout me dire, de tout m'avouer de la façon dont vous la prenez et surtout des caresses qu'elle vous prodigue pour que vous hurliez à votre tour comme un possédé. Il est temps pour vous de vous repentir, de regretter sincèrement. Je suis venu vous voir à plusieurs reprises avant qu'il ne soit trop tard, j'espérais que vous comprendriez. Et qu'avez-vous fait ? Au lieu de vous amender, de faire pénitence, vous êtes venu me narguer en prenant vos aises dans mon jardin, sous mes fenêtres. Vous avez touché ex-Heimrich sur ces pelouses qui m'appartiennent en propre. Vous êtes un prêtre dévoyé, Joseph Winogradov, un damné. Je vous laisse une dernière chance, voulez-vous que je vous confesse ?

– Vous avez perdu la raison !

– La raison est au contraire la seule chose qui me reste. La clairvoyance et la raison. Le reste, ma femme, mon chien, les bâtards, ma maison, certaines conduites de chlorure de polyvinyle, tout le reste est parti dans les flammes.

– Je ne comprends rien à ce que vous racontez.

– Il n'est plus temps pour vous de comprendre quoi que ce soit. Je vous rends votre clé. Je ne visiterai jamais plus votre appartement, je n'inscrirai plus rien sur vos photos et vous pourrez souiller votre matelas à votre guise. Mais aussi longtemps que nous vivrons, l'un et l'autre, vous saurez que je sais.

Je suis dans mon lit. Tout à l'heure, le prêtre a cogné à ma porte. Il m'a supplié d'ouvrir. Sans doute avait-il pris conscience de la monstruosité de ses fautes, et venait-il implorer le pardon. Trop tard. Je suis dans mon lit, les bras allongés le long du corps. Je prie pour le repos de l'âme de mes fils.

J'ai fait des cauchemars, mais ma névralgie a disparu. Ce matin, j'ai entendu tout le monde partir à l'église. Mon esprit est absolument clair. Je sais ce que j'ai à faire. Cela ne souffre ni retard ni discussion. J'ai dormi tout habillé. Je ne sais pas pourquoi j'ai dormi tout habillé.

Je suis dans ma voiture au milieu de la circulation. Je ne me sens pas très bien. J'ai la sensation qu'au fil des minutes mes articulations se calcifient et que l'amplitude de mes mouvements s'en trouve considérablement diminuée. Il y a plus grave. Depuis que je suis sorti de chez moi, il me semble que ma langue est devenue une matière inerte qui emplit l'entier de ma bouche. Les bruits me parviennent aussi de manière curieuse, plutôt altérée, déformée. Je dois faire vite. J'ignore ce qui provoque en moi ces troubles, mais il faut que j'agisse avant que peut-être ils ne s'aggravent.

Je suis garé devant mon ancienne maison. Assis

dans ma voiture, personne ne me remarque. Mes mains sont glacées. J'ai une nouvelle névralgie juste au-dessus de l'œil. Je me sens de plus en plus raide. Le bidon d'essence est posé par terre, à l'emplacement du passager. La Volkswagen n'est pas faite pour transporter des jerrycans d'un tel volume.

Il y a trop de gens dans la rue, trop de circulation. Il faut que je patiente. Je remue mes bras pour conserver un peu de motricité et de souplesse. Mon corps ne peut pas me lâcher maintenant. C'est impossible. Je sors de la voiture. Le temps est magnifique et pourtant je grelotte de froid. Je suis très calme. J'ignore ce qui est en train de se passer. Ma langue ne m'obéit plus.

Je traverse la rue en tirant comme je le peux le bidon vers la maison. J'observe une halte sur le trottoir. On ne doit pas me remarquer. Il faut que j'aie l'air de quelqu'un qui est allé chercher de l'essence pour remplir sa tondeuse et dont les jambes marchent droit. Ma femme est à l'intérieur avec les enfants et le chien. Elle prépare le déjeuner et moi, pendant ce temps, je vais donner un coup à la pelouse. Ce matin on est tous allés à l'église. La messe du père Winogradov était vraiment parfaite.

J'ai aimé vivre ici. Tout ce qui m'est arrivé de bon dans ma vie est survenu derrière ces murs.

Mon esprit est clair. Je traverse un cristal d'évidences. Il n'y a pas d'autre solution. L'accident d'avion était inévitable. Je ne veux pas hériter des affaires des bâtards. Je ne suis pas leur père, je les ai seulement hébergés. Rien ne doit me revenir.

Maintenant.

Le bidon me paraît soudain léger, aussi maniable qu'une bouteille d'encre. Je dévisse le bouchon rouge et j'arrose les murs de la maison. Mes bras ont retrouvé toute leur vivacité et mes jambes me portent sans difficulté. L'odeur du pétrole, en revanche, me soulève l'estomac. Le liquide glisse sur les parois comme une pluie rose.

J'ai tout vidé. Je suis prêt.

Le souffle de l'explosion m'a jeté à terre. Je n'en suis pas surpris. Ma langue pèse de tout son poids dans ma bouche. Je vois les flammes monter jusqu'à la cime des branches.

Je ne peux pas me relever. Je n'en ai pas l'intention. Des gens accourent. À l'intérieur de la maison, derrière l'une de ces fenêtres, Anna pousse des cris. Je reconnaîtrais ces hurlements du fin fond de la terre. Cela n'a rien à voir avec ceux que pousse ex-Heimrich. Anna est ma femme. Je la connais mieux que quiconque, ne serait ce que pour l'avoir vue nue tant de fois.

Si mes articulations n'étaient pas soudées, je me jetterais dans le brasier pour la sauver et détacher le chien.

Il y a des visages au-dessus du mien. Je suis incapable de dire s'ils me sont hostiles. J'ose croire que ces gens-là ne s'en prendraient pas à un homme qui, déjà frappé par la mort de ses deux fils dans un accident d'avion, perd maintenant sa femme et sa maison dans un incendie.

Je ferme les yeux. J'écoute tous les bruits. Dans ma bouche, ma langue m'écœure.

Douze

Je suis allongé dans une chambre que je ne connais pas. Il m'est impossible de bouger. Une sangle entoure ma poitrine. J'ai soif. Et cette langue morte qui s'enfonce dans ma gorge. Il fait jour et j'ai très sommeil. Ce doit être à cause de la perfusion. Qui pousse de pareils cris ? Il faut que quelqu'un vienne. Je veux expliquer que je ne supporte pas les cris. Mes pieds sont froids et recouverts d'un drap. J'essaie de parler, mais aucun son, aucun bruit ne sort de ma gorge. Mes bronches sont encombrées, ma respiration est sifflante. La lumière baisse, mes paupières se ferment, je suis incapable de lutter.

Que veut cette femme ? Il faut me laisser. Je n'ai besoin de rien. Cette lampe me gêne. Et la lanière aussi. Elle m'oppresse. Ma langue, il faut faire quelque chose pour ma langue, quelqu'un doit prendre ma langue en considération.

J'ai senti de la peau contre ma joue. Le tintement des bouteilles de perfusion qui s'entrechoquent est assourdissant. Chaque bruit blesse ma langue. La douleur descend jusque dans ma poitrine. J'ai un pied qui n'est plus couvert par le drap. Je refuse de le regarder. La femme est ressortie. Maintenant la pièce a une odeur supplémentaire, une odeur de femme qui transpire. La fenêtre est très haute.

C'est la nuit. Au-dessus de moi, j'entends taper. Le bruit est régulier. C'est un homme qui frappe, pas une machine. C'est un homme attaché qui appelle au secours. Je veux l'aider. Je veux aussi appeler au secours.

Pourquoi font-elles cela ? Pourquoi me découvrent-elles et baissent-elles mon pantalon ? Ces femmes ne s'en rendent pas compte, mais je suis nu. Mes deux pieds me font face. Je ne comprends pas ce qu'elles disent. Pourtant elles parlent fort. Mon visage est ébloui, et mes yeux, même clos, souffrent de tant de luminosité. Il faut me détacher, me rendre mes bras et mes jambes, m'enlever ce morceau de viande morte qui pourrit dans ma bouche. Une femme glisse une pièce de tôle très dure et très froide sous mes fesses. C'est un bassin. Pourquoi me mettre sur un bassin. Jamais je ne ferai quoi que ce soit là-dedans. Jamais.

C'est la douleur qui m'a réveillé. Je ne peux pas me retenir davantage. J'urine doucement dans le récipient. J'essaie de faire le moins de bruit possible. Je me sens humilié et ridicule, mon dos me fait mal, qu'on m'enlève ce siège de métal. Je respire par la bouche. J'ai toujours sommeil, je ne sais pas ce qui se passe.

Quelqu'un vient d'entrer et de sortir. Je ne suis plus sur le bassin. Mes pieds sont à nouveau recouverts. Il faudrait que l'on s'occupe de ma bouche, de ce qui se passe à l'intérieur. J'ai peur que ma langue soit attaquée par la grangrène. Il faut que l'on écarte mes mâchoires et qu'on ait le courage de tirer sur ce corps charnu pour l'examiner. S'il y a une décision à prendre, qu'on la prenne. C'est comme la lanière. Mon thorax est douloureux. Je suis dans un hôpital. Au-dessus de moi, le prisonnier frappe toujours. On dirait que ça vient des tuyauteries. J'ai peur de mourir attaché et muet.

Un homme me regarde. Il dirige le faisceau d'une lampe électrique sur chacune de mes pupilles. La douleur, violente, me vrille la nuque. Sa bouche est très proche de la mienne et je distingue jusqu'à la racine des poils de sa moustache. Cet homme sent très fortement le tabac. Il me semble que je n'ai pas fumé depuis des années. Cela ne me manque pas. Si ce visiteur est un médecin, s'il connaît son métier, qu'il laisse tomber mes yeux et qu'il ouvre ma bouche. Peut-être que s'il ne le fait pas, c'est par peur de ce qu'il va trouver à l'intérieur. Il éteint la lumière, touche mes jambes, les manipule et frotte quelque chose sous la plante de mes pieds. Il se retourne vers mon visage. J'ai mes yeux dans les siens.

Cette infirmière est déjà venue hier et m'a passé un gant d'eau fraîche sur le visage. Aujourd'hui elle me délivre de la lanière. Je respire beaucoup plus librement. J'aimerais pouvoir me souvenir du visage de cette femme mais il n'y a pas assez de lumière. Avec elle j'accepterais plus facilement l'humiliation du bassin.

Il est en train de se passer des choses en moi. Surtout la nuit. Mon corps me donne l'impression de se rétracter, de se durcir, de se densifier. Mon esprit, en revanche, et même si j'ai toujours sommeil, retrouve ses capacités au fil des heures, ou des jours. Je ne sais plus ce qu'est le temps. Je sens qu'il passe, c'est tout.

Je suis souvent réveillé par des cauchemars ou des cris qui proviennent d'autres chambres. À mesure que je récupère mes facultés, je mesure l'ampleur de la souffrance des gens qui séjournent dans cet endroit. Les plaintes succèdent aux plaintes. Certaines semblent lointaines mais d'autres si proches que j'ai parfois le sentiment qu'elles émanent de mon propre lit, qu'elles sortent de ma propre gorge. Je me désintéresse de ma langue.

En lisant l'insigne qu'une infirmière portait sur sa blouse j'ai découvert, tout à l'heure, que je me trouvais dans un hôpital psychiatrique. Ce matin, pour la première fois, on a débarrassé mon bras de l'aiguille de la perfusion et on m'a assis dans mon lit. Des gens m'ont parlé mais je ne n'ai pas tout compris de ce qu'ils disaient. Ma langue est moins enflée et il m'arrive par instants de la sentir remuer dans ma bouche. J'ai aussi l'impression que mes forces musculaires reviennent, que mes membres sont à nouveau innervés.

Durant l'après-midi, je me suis assoupi une heure ou deux. Ce soir une infirmière m'a alimenté avec une cuillère. J'ai avalé une sorte de purée sucrée dont je ne pourrais donner l'exacte composition. À cette occasion il m'est apparu que ma langue remplissait à nouveau son travail. Quelqu'un tape toujours au-dessus de moi. Les coups ne sont pas réguliers. On dirait qu'ils sont frappés sur la tuyauterie du chauffage.

J'ai passé une excellente nuit et ce matin j'ai fait mes premiers pas. Même s'ils n'étaient pas très assurés, ils m'ont permis de me soustraire à la cérémonie du bassin, puisque j'ai pu me rendre aux toilettes par mes propres moyens. Le médecin qui est venu me voir vers midi avait l'air ravi de mes progrès et m'a demandé si je souhaitais que l'on apporte un poste de télévision dans ma chambre. Évidemment je n'ai rien répondu. Je veux bien réapprendre à me déplacer et à me suffire à moi-même, mais il est hors de question que je reparle à quiconque.

Je ne sais plus exactement depuis quand je me trouve ici. Cela doit faire un certain temps puisque, dehors, j'ai remarqué que les feuilles commençaient à jaunir sur les arbres. J'ai recouvré l'intégralité de mes capacités physiques et intellectuelles. Mes souvenirs, un instant troublés, se sont parfaitement redistribués dans ma mémoire. Le précipité qui en résulte me paraît en tout cas totalement cohérent. Je ne veux rien dire à propos de l'incendie. Ma langue a retrouvé toute son agilité et surtout ses proportions habituelles. J'évite de sortir dans le parc. Il y a trop de monde, trop de malades. Tous les deux jours, je reçois la visite du psychiatre, le docteur Zeitsev, un homme singulier, qui ne me semble pas très sûr de lui. Quand il entre dans ma chambre, il demande aux infirmières de nous laisser, referme la porte et vient s'asseoir à mes côtés. Et en silence nous regardons par la fenêtre.

Depuis le début de la semaine, le docteur Zeitsev a exigé que je marche tous les après-midi pendant une heure dans le parc. Je n'aime pas être approché par d'autres malades. L'un d'eux a eu tout à l'heure une crise de démence au milieu d'une allée du jardin. Après avoir arraché ses vêtements il s'est roulé sur le sol en lâchant par saccades des jets d'urine. Certains pensionnaires qui se trouvaient dans les parages ont fait cercle autour de lui comme des enfants observant l'agonie d'un insecte. Il n'y avait aucune compassion dans leurs yeux. Seulement de la curiosité. Ces sorties ne me valent rien.

Aujourd'hui j'ai eu une surprise de taille avec la visite de Domingo Morez, mon partenaire. J'en ai conclu que nous étions un samedi. On avait dû le prévenir de mon mutisme persistant car il ne m'a posé aucune question. Il s'est contenté de me parler du travail et du bonhomme qui me remplaçait. Domingo a dit que cet intérimaire ne m'arrivait pas à la cheville, qu'il ne savait pas par quel bout prendre une débroussailleuse et qu'il avait une peur panique des serpents. Ensuite il n'a pu s'empêcher de me glisser, comme une gourmandise, que la Murray se languissait de moi. J'espère que Domingo Morez n'aura pas la mauvaise idée de revenir, et que jamais je ne le reverrai, ni lui, ni sa Toyota, ni sa Murray.

Ce matin, après avoir fait, comme d'habitude, le vide autour de nous, Zeitsev s'est approché de moi et m'a dit :

– Pourquoi refusez-vous de parler ? Je sais que vous le pouvez.

J'ai baissé le regard et mes doigts se sont croisés comme ceux d'un vieil homme en prière.

– Si vous persistez dans votre silence je vous ferai soumettre à des chocs électriques. Cela, croyez-moi, vous déliera la langue.

Ensuite, il s'est assis à mon côté et conformément à nos habitudes, ensemble, nous avons regardé par la fenêtre. Je n'ai aucune confiance en ce médecin.

Je recommence à penser à Anna. J'ai eu raison de ne pas être allé la chercher dans les flammes. Cela n'aurait servi à rien. Elle ne voulait plus vivre. La question que je me pose aujourd'hui est de savoir, à lucidité égale, ce que j'ai de moins que cette femme pour ne pas trouver la force d'en finir moi aussi. Qu'est-ce qui me pousse à différer mon geste ? Je ne possède aucun bien, je ne suis attaché à personne, je ne crois en rien, je me voue au silence, ma vie est aussi insignifiante qu'un cheveu mort, on me promet un avenir d'électrocuté, et pourtant je persiste à durer, à attendre le jour suivant. Qu'est-ce qu'Anna possédait donc et qui me fait défaut ?

Si je pouvais sortir de cet hôpital, ne serait-ce qu'une heure, j'irais au Montevideo voir Martha. Peut-être même y convierais-je Zeitsev. Et tous ceux qui, la nuit, crient, attachés à leur lit. Et nous serions tous là, debout, au pied de la scène, contemplant cette femme pleine, cette strip-teaseuse thaumaturge capable de nous arracher à notre catatonie. Et de nos gorges jailliraient des rugissements de joie et non plus de souffrance. Il est dommage que je ne puisse communiquer avec Zeitsev. Je me sens tout à fait capable de le ruiner moralement. Cet homme est totalement inapte à exercer dans un établissement tel que celui-ci. Il serait davantage à sa place dans un cabinet en ville, recevant de demi-heure en demi-heure des veuves d'entresol ou des pasteurs apostats. Nous, avec nos absences et nos silences, nous lui inspirons de la peur. Zeitsev a peur qu'un jour nous le mangions, que nous le dévorions vivant, lui et sa science, lui et sa blouse, lui et ses machines. Quand il s'assied auprès de moi, je sens son cœur qui tremble. Si je décidais de récupérer la parole, je la retournerais immédiatement contre lui. Il le sait. C'est pour cela que son cœur tremble.

Décidément, ces sorties ne me valent rien. Tout à l'heure dans le parc, deux malades qui avaient coutume de marcher en se tenant par le bras, après s'être subitement jetés l'un contre l'autre, ont fini par se mordre comme des chiens enragés. Je me suis retrouvé pris au centre de l'attroupement qui les cernait. Et j'ai senti ce que pouvait alors être l'effet de meute. J'ai eu, soudain, le sentiment de faire corps avec toutes les autres bêtes qui m'entouraient, les plus jeunes comme les plus difformes, d'appartenir à leur race sauvage, et tandis que les deux fauves, au sol, s'entre-déchiraient, nous, telle une bande acharnée, nous nous sommes mis à hurler, à aboyer et à grogner. J'ai pris plus que ma part dans ce concert d'atrocités. Puis les infirmiers sont arrivés. Après nous avoir écartés, ils ont séparé les deux belligérants à coups de bâton. Les deux fous se mordaient avec tant de violence qu'il était impossible de leur faire lâcher prise autrement qu'en leur frappant dessus. Maintenant je suis de retour dans ma chambre, installé face à la fenêtre. Je regarde les arbres. J'ignore si cela est le résultat de toute cette agitation, mais je suis envahi par une grande, une immense fatigue.

Je me suis souvent demandé combien de temps j'allais devoir rester dans cet hôpital. Je pense maintenant détenir la réponse : aussi longtemps que je refuserai de parler. Ce matin, Zeitsev, avec ses habituelles manières de phacochère, m'a, en quelque sorte, mis le marché en main. D'après lui, je suis seul maître de mon destin. Lui et sa science sont prêts à s'effacer devant la première manifestation de ma bonne volonté. D'une certaine manière, il veut que je fasse amende honorable, que je lui rende grâce, que je reconnaisse ses vertus, que je lui dise : « C'est vous, Zeitsev, vous et votre savoir qui m'avez sorti de ce mauvais pas. » Ce psychiatre est assez stupide pour penser qu'un homme sain qui se prive de langage offense l'espèce humaine. Le problème, cher Zeitsev, c'est que je n'entends plus ce genre de considération depuis que je dors dans cet hôpital, au milieu des plaintes, depuis que je vois mes coreligionnaires s'arracher la chair et se mordre jusqu'au sang. Si je me tais, c'est que je n'ai plus rien à dire. Je n'ai même pas besoin de réclamer de l'eau puisqu'on en dépose régulièrement une carafe à la tête de mon lit. Quoi qu'il en soit, le moment venu, lorsque je le jugerai opportun, et puisque ce redresseur de pensée en fait un *casus belli*, je prononcerai les quelques mots qui suffiront à m'ouvrir les portes de ce lieu de supplices. En voyant danser ma langue et vibrer ma gorge, Zeitsev se délectera de cette trouble satisfaction du devoir accompli, tandis que mon esprit toujours aussi infirme et inapte ira quêter des raisons de durer dans le démantèlement des tièdes aventures d'un prêtre vicieux. Ce qui manque à Zeitsev, pour lui conférer un peu d'humanité, c'est d'avoir entendu hurler Anna et le chien. Je me demande dans quel état je vais retrouver mon appartement. Je tiens à y revenir avant le début de l'hiver. Le jour où je reparlerai, je sais quels sont les premiers mots que je prononcerai. Je dirai : « C'est vous, Zeitsev, qui m'avez sorti de ce mauvais pas. »

Treize

J'ai bien réfléchi. Il n'est pas dans mon intérêt de reparler dans l'immédiat. Je vais donc rester ici plus longtemps que prévu, au moins jusqu'à Noël.

Je reçois la visite d'un représentant d'une compagnie d'assurances. Il veut me poser des questions au sujet de l'incendie de mon ancienne maison. Malgré mon état, Zeitsev l'a autorisé à me rencontrer, sans doute pour me tester. Le commissionnaire, très courtois, s'installe en face de moi puis, après avoir déplié ses formulaires, commence à m'interroger :

– Vous souvenez-vous en quelle année vous avez vendu cette maison ? Si mes renseignements sont exacts, cet édifice a déjà partiellement brûlé ? Pouvez-vous me confirmer, ainsi que le signalent ces rapports, qu'il s'agissait cette fois encore d'un incendie volontaire ?

Entre chaque question, l'homme marque une pause qui est censée matérialiser le temps de ma réponse. Puis, lassé de mon mutisme et convaincu de l'inanité de sa mission, il range ses formulaires dans sa serviette et, son manteau sur le bras, quitte la chambre après m'avoir sèchement salué.

Zeitsev est à mes côtés. Les arbres du parc n'ont plus aucune feuille. Elles sont ratissées par les malades et entassées dans de petites carrioles à bras que l'on pousse ensuite jusqu'à l'incinérateur situé près du mur de clôture. La cheminée de ce petit four dégage une fumée opaque et si lourde qu'elle stagne en nappes épaisses à un mètre du sol. Tous les malades portent désormais l'anorak gris fourni par l'administration.

– Il faut parler, monsieur Miller. Le temps presse, vous ne vous rendez pas compte. Vous prenez le risque de rester enfermé ici à tout jamais.

Zeitsev ne me regarde pas. Ses yeux se perdent dans les branches des arbres. Il dit des choses terribles avec un calme étonnant. Zeitsev ferait un parfait tortionnaire. D'ailleurs, je le soupçonne de tordre, de-ci de-là, quelques âmes pour écouter le bruit qu'elles émettent lorsqu'on les soumet à la contrainte. Mon visage demeure impassible, indéchiffrable.

Je me sens mal à l'aise. Ex-Heimrich, la Sainte et le prêtre sont venus me voir. Ils se tiennent debout dans ma chambre. À la surprise qu'ils ont manifestée, en entrant, je mesure combien j'ai dû changer physiquement. Mon corps a considérablement maigri et j'imagine que mes traits se sont accusés. J'ai vraiment ressenti une émotion en les voyant, comme une envolée de papillons dans le thorax. Lequel des trois a pris l'initiative de proposer aux autres de me rendre visite ? Je parierais qu'il s'agit du prêtre. J'ai fouillé sa vie et il espère en venant ici me rendre la politesse. La Sainte n'a pas changé et ex-Heimrich est plus attirante que jamais. Elle porte à merveille les vêtements d'hiver.

– Nous avons régulièrement pris de vos nouvelles

auprès du docteur Zeitsev. C'est un bonheur de vous retrouver en aussi bonne forme.

Que Winogradov se taise. Qu'il arrête ces boniments ridicules. Que Dieu lui arrache la langue.

– Nous quittons le médecin à l'instant et il nous a dit qu'il n'attendait plus que vous vous décidiez à parler pour signer votre bon de sortie. J'imagine que si vous conservez volontairement le silence, c'est que vous devez avoir de bonnes raisons pour le faire.

Je me demande si le curé est monté à l'étage cette nuit. Il a dû se passer beaucoup de choses pendant mon absence. Peut-être Winogradov est-il aussi devenu l'amant de la Sainte, peut-être prend-il les sœurs alternativement ou, mieux, simultanément. Il ne manque que Judith, l'implorante Judith avec ces enfants et ce mari qu'elle traîne comme une malédiction. Si je décidais de parler à cet instant, je demanderais à ex-Heimrich : « Quand vous dites que le père est monté comme un âne, vous voulez parler du sexe proprement dit ou des testicules ? » C'est ainsi qu'il faut s'adresser à des gens pareils.

Ma chambre a une odeur. Je sens tout à coup quelque chose qui n'est pas de moi, quelque chose qu'ils ont apporté avec eux, de l'extérieur. Ma mémoire identifie ces relents comme un échantillon éventé de la puanteur du prêtre, de sa literie, de sa chambre jamais aérée. Il faut que cet homme sorte d'ici. Je mets mon anorak et j'emmène tout le monde avec moi dans le parc. Je prends le bras d'ex-Heimrich, les deux autres suivront.

La Sainte s'efforce de ne pas trop fixer les malades qui rôdent autour de nous. Ils sont excités par la présence des deux femmes. Lorsqu'ils nous croisent, certains ont des gestes obscènes. Emma se tient très près du prêtre et Victoria serre mon bras. C'est grotesque. Ex-Heimrich se réfugie près de moi, comme si j'étais différent de tous ces hommes vêtus du même anorak, comme si je n'avais pas envie, moi aussi, face à elle, de faire coulisser mon majeur dans le creux de mon autre main. Victoria s'agrippe à moi alors que je suis pire que tous ces malades, alors que je choisis volontairement et en toute connaissance de cause l'hôpital plutôt que la vie. Nous marchons en silence tandis que, dans mon dos, Winogradov pépie avec la Sainte. Nous nous asseyons sur un banc. Je vois les genoux et les mollets de Victoria. Elle porte des bas noirs très fins et des bottines lacées. Je ne désire pas vraiment toucher cette femme. Cela tient à la somme de tranquillisants que je prends chaque jour et qui court-circuitent toute forme de désir. J'aime savoir que je ne peux pas être troublé. Je pense que les malades qui tournent autour de nous sont dans un état similaire. Ils n'ont pas réellement envie des deux femmes qui m'accompagnent. Elles réveillent seulement en eux une sorte de réflexe reptilien.

– J'aimerais que vos premiers mots soient pour moi.

Ex-Heimrich a posé sa main bien à plat sur ma cuisse. Sa langue a balayé ses lèvres avant de prononcer ce souhait. Je trouve que ce qu'elle vient de faire est dégradant. Comment a-t-elle pu succomber à l'influence de Zeitsev ? Le pire serait qu'il y ait dans ses mots une part de sincérité. Cette catin d'église se sentirait effectivement flattée si je lui offrais ma reddition. C'est cela qu'elle veut me dire : rendez-moi les armes, je ne suis pas votre ennemie, il n'y a pas d'enjeu, pas d'épreuve de force entre nous, vous pouvez capituler sans honte. Alors elle pourrait monter dans le bureau de Zeitsev, faire claquer ses talons dans le couloir, s'asseoir en croisant haut ses jambes fines et dire au médecin : « Il a parlé. Je l'ai fait parler. Il n'a même pas été nécessaire que je le touche. Il m'a vue, il a vu mon corps et il a parlé. » Et Zeitsev aurait une érection. Une érection inspirée pour moitié par l'excitation scientifique couronnant le succès de sa thérapie, et, pour une part égale, provoquée par la vue de ces mollets de pute.

– Il faut cesser de vous taire, monsieur Miller. Votre place est parmi nous. Vous nous manquez, à la maison.

Le prêtre ne suffit donc plus ? A-t-il perdu ses avantageux attributs ? Éprouvez-vous le besoin de varier les plaisirs ou est-ce mon oreille qui vous manque, cette oreille du rez-de-chaussée, docile, attentive et toute à vous dévouée ? Ma place, je sais parfaitement où elle est : au cœur de l'incendie, entre Anna et le chien. Je fixe les doigts d'ex-Heimrich figés sur le tissu de mon vêtement. Ce sont eux, avec leur savoir-faire acquis dans les soupentes de chez Toyota, qui ont transporté le prêtre. Ce sont ces doigts-là, aujourd'hui si réservés, qui se sont faufilés dans la braguette de Winogradov et qui lui ont arraché les clameurs que l'on sait. En temps normal, si je n'étais pas abruti par toutes ces potions, je sais bien qu'ils pourraient plonger dans ma bouche et en sortir des poignées de mots grouillant comme des ascaris. Seulement voilà, les choses sont bien différentes et ces doigts me paraissent désormais bien anodins avec leurs ongles courts, leurs petites lunules, leurs phalanges irrégulières et leurs articulations légèrement rougies et enflées.

Mes trois visiteurs ont compris qu'il était vain

d'essayer de me convaincre. Nous sommes toujours assis à la même place, mais le silence s'est installé entre nous. Un silence épais, pesant, imposant, tel que je l'aime. Les trois, quant à eux, privés du sextant de la parole, dérivent lentement. Je remarque que la Sainte est la seule à ne pas m'avoir tendu l'une de ces misérables perches charitables. Pour ma part, je ne vais plus bouger. J'ai tout mon temps. Je veux que mon immobilité, mon autisme les chassent, qu'ils retournent forniquer dans leur tanière et me laissent à mes fous.

Le prêtre se lève. C'est lui qui a flanché le premier. Il faut dire que le froid devient de plus en plus vif. Les deux femmes se redressent à leur tour et lissent leur manteau. Mes yeux sont d'une telle fixité qu'on les dirait de verre. Deux mains se tendent vers moi qu'évidemment je refuse. Winogradov étreint mon épaule d'une poigne virile et ajoute :

– Nous allons prier pour vous. Bientôt vous serez parmi nous.

Si ses suppliques connaissent en Haut Lieu le même sort que la hiérarchie catholique réserve à ses considérations théologales, je ne suis pas près de réintégrer mon appartement. Ils s'éloignent en se composant une démarche où se lit à la fois le regret d'avoir échoué et la volonté de filer au plus vite.

Je les regarde traverser les nappes de la fumée produite par la consomption des feuilles. Ils avancent serrés les uns contre les autres. On dirait une famille.

Je ne suis pas sorti pendant deux jours. De persistantes douleurs à la tête m'ont fait tant souffrir que j'ai dû m'abrutir de calmants. Zeitsev a semblé s'inquiéter de ces névralgies récurrentes et m'a soumis à de nouveaux examens radiographiques du cerveau. On a introduit mon crâne dans une sorte de tunnel où la température était extrêmement basse. Je me suis plié de bonne grâce à toutes ces tracasseries. Zeitsev est venu me voir tout à l'heure pour m'annoncer, comme une défaite personnelle, qu'il n'avait trouvé aucune lésion.

– Vous n'avez rien, absolument rien. Vous êtes un simulateur qui me fait perdre mon temps.

J'ai allumé une cigarette en me plantant devant la fenêtre. Le médecin me l'a arrachée des doigts et l'a écrasée dans le cendrier. Maintenant, comme chaque après-midi à cette heure-ci, j'attends la nuit. C'est une heure difficile à passer où l'angoisse remonte du plus profond de la terre, une angoisse noire et liquide, semblable à de l'huile minérale gorgée de pensées visqueuses. Il faut s'en accommoder, ne pas s'affoler ni se précipiter sur la poire d'appel. Pour ma part je m'allonge sur le lit, je ferme les yeux et je me laisse envahir par ce pétrole de l'âme. Imprégné d'un tel combustible, il m'arrive même d'approcher au plus près les flammes qui ont emporté Anna pour les inciter à s'attaquer à moi.

Depuis quelque temps, pendant la promenade et sitôt que je me retrouve isolé, il m'arrive de parler seul. Je prononce des phrases comme : « Bonjour, comment allez-vous ? » Ou encore : « Je marche vite parce qu'il fait très froid. » Cet abandon partiel du mutisme ne me procure aucune satisfaction. Il faut dire que je ne m'exerce pas d'une manière très détendue, craignant toujours d'être surpris. Tout à l'heure, en croisant un fou, j'ai dit : « Bonjour monsieur. » Il m'a répondu : « Bonjour monsieur. » C'est la chose la plus sensée que j'aie entendue depuis longtemps.

Je sens que le moment où je vais devoir m'adresser à Zeitsev approche. Je me délecte déjà des conversations que nous aurons par la suite, et des interprétations qu'en fera le psychiatre. Je n'ignore pas qu'il va essayer de me jauger dès que je vais ouvrir la bouche, et qu'il retiendra contre moi tout ce que je lui confierai. En ce moment le médecin est assis à mon côté, et, comme tous les jours à pareille heure, regarde les arbres. J'ignore pourquoi il perpétue cette habitude et m'interroge sur ce qui l'attire ici. Peut-être a-t-il pris goût à ce silence qu'il combat par ailleurs. J'allume une cigarette. Zeitsev me l'arrache des lèvres et, comme s'il s'agissait d'un bâton de dynamite, l'éteint fiévreusement dans le cendrier.

Quatorze

Aujourd'hui j'avais décidé de rompre mon silence et de parler à Zeitsev lors de la visite du matin, puis, au dernier moment, j'y ai renoncé. Je ne suis pas encore vraiment résolu à quitter l'établissement.

Le parc est de moins en moins fréquenté. Avec une température si froide et ce ciel voilé en permanence, j'ai du mal à imaginer que nous sommes au bord de l'Océan. Depuis que je suis ici, j'ai oublié la mer. Sans doute parce que je vis comme un homme de l'intérieur des terres. Maintenant je crois que l'hiver est en place.

Un homme marche vers moi et s'assied à mes côtés sur le banc. Son crâne est rasé, et l'arête de son nez, bleuie. L'anorak que lui a fourni l'administration est trop court pour ses avant-bras qui dépassent exagérément des manches. Il fait aller sa tête d'avant en arrière en un mouvement rapide de faible amplitude. Il m'annonce qu'il est ici pour toujours, qu'il a fait des choses graves et que je dois lui accorder le pardon. Il se tourne vers moi, tous les muscles de son visage sont contractés. Il dit :

– Je vous en prie, confessez-moi.

Puis il s'agenouille sur les graviers de l'allée, joint ses longues mains et récite une prière en latin. Bien que sa face soit inclinée vers le sol, je devine que ses yeux sont clos. Je regarde les arbres, l'immense façade des bâtiments, la marche sans but des malades et, comme un pasteur tolérant, j'impose ma main, la plus chaude, sur le sommet de son crâne. Je me rends compte aussitôt que c'est là davantage le geste d'un évêque ou d'un pape que celui d'un prêtre. Pour la première fois je ressens ce que peut éprouver un directeur de conscience. Je tiens entre mes doigts la pensée de cet homme, je la tâte comme je palperais un melon, je suis certain de pouvoir la manier, l'infléchir ou la tordre. C'est ce que fait Zeitsev tous les jours avec chacun de nous. Il chemine parmi nos lits, nous jauge et dit : « Celui-là est mûr pour la sortie. Celui-ci est blet. Cet autre sera à point dans une semaine. » Ce médecin est le grand maraîcher de l'hôpital.

Je ne peux rien pour cet homme à genoux. Absolument rien. Il ne s'accuse d'aucune faute et récite les tables de multiplication. L'arithmétique n'est pas un péché. Mes doigts sur sa peau sentent battre son cœur.

Maintenant, une dizaine d'autres malades nous entourent. Les uns après les autres, ils s'agenouillent et emboîtent les litanies du premier pécheur. Leur scansion finit par ressembler à un cantique. Sept fois deux quatorze, sept fois trois vingt et un, sept fois quatre vingt-huit. Tous prient avec ferveur, tous envient l'homme au crâne rasé, tous voudraient avoir ma main posée sur leur tête. À l'étage, planté devant sa fenêtre, presque lumineux dans sa blouse blanche, Zeitsev nous observe. Il guette le moindre mouvement de mes lèvres. Mais seuls mes yeux bougent.

La cérémonie est terminée. Je suis à nouveau seul assis sur mon banc. Zeitsev a quitté son bureau et, à pas pressés, s'avance vers moi. Il est emmitouflé dans un manteau à col de fourrure que je ne lui connaissais pas. Il est ridicule, on dirait un fou.

– Qu'est-ce que c'est que cette comédie, Miller, vous vous prenez pour Jésus de Nazareth ?

Le psychiatre est hors de lui. Il n'a pas du tout apprécié notre petite fête votive. Il déteste perdre la moindre parcelle de l'autorité qu'il exerce sur ses patients et considère comme un détournement de clientèle le simple fait qu'ils se soient agenouillés devant moi.

– J'aimerais que ce genre de simagrées ne se reproduisent pas. Votre état de santé n'est en rien comparable à celui de ces pauvres bougres, et je ne vous autorise pas à jouer avec eux. Continuez comme ça et je vous fiche mon billet que vous n'êtes pas près de sortir.

Je m'efforce de fixer Zeitsev avec des yeux totalement inexpressifs, des yeux sans joie, ni peine ni vie.

– Vous avez une cigarette ?

Je tends mon paquet au psychiatre, il allume le tabac avec ce qui me paraît être un briquet en argent, puis prend place sur le banc.

– Vous me posez un problème, Miller. Je préfère vous le dire franchement.

Je me lève. Ce qu'a à me dire ce médecin ne m'intéresse pas. Je ne suis pas là pour l'aider ou lui simplifier la vie. En marchant calmement au milieu de l'allée, je regagne l'hôpital. Ceux qui, tout à l'heure, à mes côtés, récitaient à genoux, m'emboîtent le pas.

Je suis impatient. Ce matin, une infirmière m'a dit que j'aurai une visite en début d'après-midi. Il paraît que deux personnes ont pris rendez-vous avec Zeitsev et qu'ensuite elles ont promis de passer me voir. Promis. Je n'ai jamais demandé à quiconque de promettre quoi que ce soit. Je pense qu'il s'agit d'une initiative des sœurs Niemi, ou de l'une d'elles accompagnée de Winogradov. Je ne vois pas qui d'autre pourrait s'intéresser à moi. Tout cela laisse fort peu de place à l'incertitude. La seule venue qui pourrait me surprendre serait celle d'Anna et du chien. La bête viendrait me flairer les chevilles tandis que ma femme resterait immobile dans l'embrasure de la porte.

Quelqu'un frappe. Évidemment je ne réponds pas, je m'installe dans mon fauteuil face à la fenêtre.

Je les croyais morts et enterrés, ces deux-là. Je croyais qu'ils avaient succombé dans l'accident d'avion. Je ne comprends pas ce qui a pu arriver, comment ils ont réussi à en réchapper. Ce sont donc eux mes visiteurs. Zeitsev les accompagne.

Je ne me lève pas, je tourne seulement la tête dans leur direction. Charles et Thomas, la limace et l'anguille, vêtus comme pour un enterrement de milliardaire. Au dernier moment, leur avion a dû trouver la piste. Je ne vois pas d'autre explication.

– Je vous laisse avec vos fils, dit Zeitsev.

Les deux intrus m'embrassent à tour de rôle. Je déteste toujours autant le contact de leur peau. Je les voudrais morts.

– Sincèrement, tu as l'air en pleine forme.

Que me veulent-ils ? Pourquoi ont-ils fait ce long voyage ? Je ne possède rien, je ne veux rien, je ne demande rien et je ne parle pas. Alors, à quoi bon cette comédie ?

– Papa, on sait que tu es en bonne santé mais aussi que tu as un petit problème de communication, c'est pour ça qu'on est venus. On pense pouvoir t'aider.

J'ai l'impression que la limace rampe à mes pieds, qu'elle cherche à s'agripper à mes chaussettes.

– Ce qu'on est venus te dire, reprend Charles, c'est qu'il est temps maintenant que tu sortes de cet hôpital. Nous avons proposé à ton médecin de te prendre avec nous. Si tu es d'accord, on te ramène dans le Nord. Tu habiteras chez nous et tu y resteras jusqu'à ce que tu retrouves la parole. Ton médecin ne s'y oppose pas.

Je ne l'écoute pas. Je reste ici, je n'en bouge pas. Je me cale sur mon siège et mes doigts s'agrippent aux accoudoirs. J'espère que ce geste est assez clair et que les bâtards comprendront.

– Je voulais te dire combien je regrettais de m'être emporté cet été au restaurant, poursuit Thomas. J'ai eu des propos et une attitude déplacés. Oublie tout cela, je ne sais pas ce qui m'a pris.

Et maintenant l'autre qui mime le repentir et la contrition. Je ne dois absolument pas réagir, je dois demeurer impavide. Mes yeux sont dans les arbres, je ferme mes oreilles.

Chacun d'un côté, ils glissent leurs mains sous mes aisselles pour essayer de me faire lever. Je me raidis comme une barre de fer, les épaules plaquées au dossier, la nuque inflexible, les mains rivées au bras du fauteuil. Ils ne pourront même pas me bouger d'un millimètre.

– Sois raisonnable, papa. Ce qu'on veut, c'est que tu sois bien, me glisse Charles. Chez nous tu auras toute ta tranquillité et une indépendance totale si c'est cela qui te tracasse. Simplement, tu vivras dans un univers un peu moins angoissant que cet hôpital, et nous serons là si tu as besoin de quoi que ce soit. Le médecin nous a dit que tu pouvais parler, que cela dépendait uniquement de toi.

Par quel miracle l'avion a-t-il atteint la piste ? Je ne suis pas leur père, ils n'ont rien à faire ici, ils ne s'appellent pas Miller, ils ne sont pas mes fils. Leurs doigts relâchent leur étreinte. Ils renoncent, au moins provisoirement. Thomas demeure debout sur mon flanc gauche, tandis que Charles, le mielleux, le bellâtre, vient s'accroupir devant moi.

– Sois raisonnable. Aide-nous un peu.

Je voudrais m'enflammer sous leurs yeux, comme une torche, comme un bonze, pour qu'ils reculent, pour qu'ils s'éloignent en vitesse de ce fauteuil.

– Bon, y'en a marre, tranche Thomas. On se tire.

– Thomas, tu la fermes !

– Écoute, ça suffit, la comédie ! On se tape tout ce voyage pour se faire foutre de nous par un légume qui ne nous adresse même pas la parole. J'en ai rien à faire de ce que tu penses et de ce qu'il entend. J'ai pas demandé à venir ici, je savais que ça se passerait comme ça. On a un père cinglé, et en plus c'est une tête d'ours ! Accepte de voir les choses comme elles sont ! Allez, on s'en va.

Merveilleuse anguille aux nerfs de cristal, adorable et précieux visage répugnant. Thomas est l'incarnation de la Providence.

– Papa, lève-toi et viens avec nous, je te le demande pour la dernière fois.

Charles, sans s'en apercevoir, a, cette fois, posé les

deux genoux à terre. Il s'adresse à moi en paraphrasant Jésus face à Lazare. De ma position dominante je vois que le crâne de l'aîné est parsemé, çà et là, de quelques plaques de calvitie. À l'extrémité de mon champ de vision, je devine les silhouettes de Thomas et du docteur Zeitsev qui se découpent dans l'encadrement de la porte. Mon bourreau attend dans le couloir. Je suis détendu, serein. Tous mes muscles sont relâchés. Je ne risque plus rien. Je ne reparlerai pas, je resterai ici, ils partiront sans moi. Charles le beau m'implore avec ses yeux de veau. Pour apporter une ultime touche à ce tableau profane, j'étends mon bras et, tel un cardinal fatigué, j'appose ma main sur sa tête.

Ils ont quitté ma chambre. L'air, un instant troublé, se redépose lentement dans la pièce en une douce bruine ordonnée. J'aime ce calme, cette fade lumière d'hiver, j'aime savoir que les frères vont prendre l'avion et que, cette fois, le ciel va les garder à jamais, qu'ils vont mourir pour de bon.

Je suis assis dans le parc. Zeitsev s'installe près de moi.

– Je n'ai pas à vous juger, monsieur Miller, ce n'est pas mon rôle, mais votre comportement d'hier envers vos fils est irrecevable.

J'ai très envie de reparler. Maintenant. Ne serait-ce que pour river son clou à ce thérapeute de garnison, lui dire combien sa fréquentation m'a été pénible, et ses soi-disant soins, inopérants. Mais je ne le ferai pas. Car, pour me délier la langue, je le sais capable de feindre l'agressivité. Et tout autant, d'avoir monté la comédie d'hier avec la complicité des deux frères. Donc je me tais. Lorsque je reprendrai la parole, ce ne sera pas sous la contrainte d'une colère ou d'une émotion. Non, je ferai cela hors de toute sollicitation, au moment le plus inattendu, de façon à déstabiliser Zeitsev, en sorte qu'il ne croie jamais être l'artisan de la résurrection de ma langue.

– Vos enfants sont repartis très déçus. L'aîné notamment. C'est un garçon très sensible. Nous avons bavardé un long moment. Il m'a avoué combien il avait été peiné par votre attitude. Cette indifférence que vous leur avez témoignée n'est pas, comment dire, très paternelle. Je peux vous demander une cigarette ?

Je garde mon paquet dans la poche de mon anorak. Je le serre entre mes doigts. Il est hors de question que cet homme critique avec sévérité mon comportement et prétende dans le même temps profiter de mes largesses et de mon tabac. Zeitsev se lève et s'en va sans un mot.

Je ne suis plus seul sur le banc. Des malades, je devrais dire mes disciples, se sont regroupés autour de moi. Bien que je garde le silence, tous semblent écouter la bonne parole. Parmi ces hommes paisibles, je reconnais les deux fous enragés qu'il a fallu séparer à coups de bâton. Ils sont côte à côte. Ils fument ensemble et en paix sous la voûte des arbres.

Quinze

– C'est vous, Zeitsev, qui m'avez tiré de ce mauvais pas.

En sortant de ma bouche, ces mots se transforment aussitôt en buée. Il n'en reste rien. Et pourtant ce petit nuage de vapeur qui monte vers le ciel fait sursauter le psychiatre. Tout se déroule exactement comme je l'ai prévu. J'ai choisi de reparler dans le parc, au moment où le médecin l'attendait sans doute le moins, à l'instant où ses pensées me négligeaient, où son esprit baignait dans l'innocence. J'ai prononcé ces paroles sans que Zeitsev ait exercé sur moi la moindre pression, formulé la plus petite requête. Nous sommes assis l'un à côté de l'autre sur ce banc de l'Institution. Il tourne son visage vers moi. J'ajoute :

– Vous avez fait ce qu'il fallait.

Maladroitement, cet homme de science essaye de maîtriser son émotion. Ce qu'il éprouve en cet instant est une joie de caractère très simple, comparable à celle du phoque se glissant dans de l'eau de mer fraîche. Je sais ce que je dis.

– Monsieur Miller, il y a longtemps que j'attendais ce moment.

Avant même qu'il ait terminé sa phrase, je me lève et, en marchant lentement, je regagne l'établissement. Je le laisse ainsi à son euphorie mais j'instille également dans son esprit un trouble lié à mon départ prématuré. Je suis moralement prêt à quitter cet hôpital le moment venu. Je n'ai plus rien à espérer de cet endroit.

J'ai bien l'impression que des consignes ont été données.

L'attitude du personnel de chambre a changé. Sans doute instruits par Zeitsev, ces hommes et ces femmes qui, jusque-là, faisaient leur travail en m'ignorant, s'adressent désormais à moi dès qu'ils franchissent le seuil de la pièce. Je ne me préoccupe guère de leurs bavardages tant il est évident que leur mission consiste à tirer des mots de ma bouche. Ils veulent que je fasse du bruit avec ma bouche.

N'importe quoi plutôt que le silence. Alors, sans que cela me dérange vraiment, je me plie à ces conversations. Nous parlons de la rigueur de l'hiver, de l'extension de la garantie des voitures japonaises, de l'apport des silicones pour la brillance des sols, de la vertu du nylon qui entre dans la composition des vêtements de travail. Dans son euphorie, Zeitsev a négligé un point important : parler pour ne rien dire est une autre forme du silence.

Je me promène dans le parc et je salue chacun des fous que je croise en lui adressant un petit mot. Cela semble ravir Zeitsev qui me suit des yeux depuis la fenêtre de son bureau. En revanche, le nouvel usage que je fais de ma langue me coupe des autres pensionnaires de l'hôpital. Autant, lorsque j'étais muet, ils accouraient à moi pour que je leur révèle une vérité dont j'ignorais moi-même tout, autant maintenant ils m'évitent, convaincus que je les ai trahis en acceptant ma guérison. D'une certaine façon, je leur donne raison. J'ai transgressé leur loi, je suis un renégat, un apostat. L'homme qui m'avait supplié de l'entendre en confession me jette, de loin, des graviers. Quant aux deux forcenés qui s'étaient mordus jusqu'au sang, ils retroussent les lèvres sur mon passage, et me montrent les dents.

Il est tard. Je ne dors pas. Je fume assis sur le fauteuil qui est placé devant la fenêtre. Au loin, je devine les lumières de la ville. Je me déchausse et je regarde mes pieds nus. Je les fixe et cette fois je ne baisse pas les yeux.

– Il n'y a plus aucune raison à ce que je vous garde ici, monsieur Miller. Si vous le souhaitez, vous pourrez fêter Noël chez vous.

Noël est dans trois jours. Je ne pensais pas que les choses iraient si vite. Je renonce à briser le psychiatre. Je suis fatigué de toutes ces luttes improductives. Je ne possède pas la fureur et les vertus d'Anna. Je ne vais pas au bout des choses. Je n'aurais jamais été capable d'être bourreau. Je me contente seulement d'un peu de souffrance. Je peux tourmenter une âme, je suis incapable de couper une tête. C'est une infirmité. Aujourd'hui, mon corps est aussi désagréable à porter qu'un vieux manteau mouillé.

Je suis assis sur le banc, dehors. Personne ne vient s'installer près de moi. Je n'ai plus d'apôtres, plus de crânes sur lesquels imposer les mains. Je suis redevenu un veuf auquel la Faculté accorde sa confiance. Je me trouve aujourd'hui confronté à un choix : regagner docilement ma chambre après avoir salué Zeitsev derrière sa fenêtre ou bien me jeter sur ces deux fous qui me montrent les dents et tenter de les mordre à la gorge.

Je me lève, j'allume une cigarette. Je ne vais jamais au bout des choses.

Je quitte l'hôpital demain matin. Je viens de signer des papiers administratifs qui ressemblent fort à une reddition. Cette fois je n'ai plus d'autre alternative que d'accepter ma guérison. Zeitsev est tellement sûr de lui qu'il vient d'entrer dans ma chambre sans même frapper. Il a un visage enjoué, l'aisance et l'arrogance d'un proconsul. Conformément à ses habitudes, il referme la porte derrière lui et s'assoit devant la grande fenêtre.

– Venez donc fumer une cigarette avec moi, me dit-il.

Nous sommes silencieux et côte à côte. Aura-t-il l'intelligence de se taire en ce dernier soir, rendant ainsi un hommage discret à ma longue résistance ?

– Pas trop nerveux à l'idée de rentrer chez vous ?

J'ai ma réponse. Ce que veut le psychiatre, c'est que je le rassure encore une fois, que je parle, que je fasse du bruit avec ma bouche. Alors je réponds. Je sais exactement ce qu'il a envie d'entendre, même s'il ne m'écoute pas vraiment, même si ce que j'exprime ne l'intéresse pas. Sa tête est légèrement inclinée en arrière, ses cheveux pendent dans le vide, il inhale de la fumée, il se délecte des sons que produit ma gorge, il pense qu'il est un bon thérapeute, il se remémore mes premières parolcs : « C'est vous, Zeitsev, qui m'avez tiré de ce mauvais pas », et se dit qu'on ne lui a jamais fait plus beau cadeau de Noël.

Winogradov m'attend dans le bureau de Zeitsev. Je crois que c'est le médecin qui a prévenu le prêtre de ma sortie. Ces deux-là font une paire tout à fait complémentaire. Je tiens un sac de voyage à la main. Je ne vais pourtant nulle part. Je rentre chez moi.

Le curé est au volant. Le moteur de sa voiture, cette fameuse Hyundaï qui vient de chez Heimrich, tourne rond. Le piston a dû être changé. Je regarde les rues que nous traversons. J'y vois des femmes emmitouflées et des chiens qui reniflent toutes les traces d'urine. La plupart des gens se taisent.

Winogradov m'annonce que je suis convié au dîner de Noël qu'il donne chez lui. L'idée de revenir dans cette pièce puante où je me suis jadis faufilé me soulève l'estomac. J'ai envie de demander au prêtre s'il a lancé d'autres invitations, s'il espère enfin les réunir toutes, Judith, ex-Heimrich, et pourquoi pas, la Sainte, sous un unique drap et si, pour l'occasion, il a fait nettoyer son matelas. Mais toutes ces choses me paraissent si loin. Je dirais bien à Winogradov de faire un détour par le Montevideo. Mais cela n'aurait pas de sens. Ce soir, je ne crois plus en Martha. Elle n'est plus, à mes yeux, qu'une force de la nature. Une extravagance glandulaire. J'entrouvre la vitre. Le froid jaillit de l'interstice comme une lame à cran d'arrêt. Je pense que la ville ressemble à l'asile, que la ville est un asile.

Ex-Heimrich et la Sainte m'attendent sur les premières marches de la maison. Elles portent des chaussures à talons hauts et des tailleurs très élégants. Je constate pour la première fois qu'elles ont des jambes absolument identiques. Elles disent qu'il faut s'embrasser, que mon retour est une fête et qu'il est formidable que cela tombe le jour de Noël. J'ai du mal à ne pas voir la patte de Zeitsev dans toute cette mise en scène. Je l'imagine très bien en train de mettre en garde mes voisins : « Entourez-le, au moins les premiers jours. Surtout qu'il ne se sente pas seul. Parlez-lui et faites-le parler, c'est très important. » J'ai l'impression d'être un oncle ou un frère qui revient de la guerre. Ce qui se passe est tout à fait irréel.

– J'espère que vous viendrez ce soir avec nous à la messe. Je crois que l'église sera pleine. Ensuite, nous dînerons tous ensemble chez moi.

C'est trop difficile. Ce qu'ils attendent de moi, ce qu'ils me demandent est impossible. Leurs propositions me vrillent le crâne, leurs voix me raclent les os. Ils doivent me laisser, s'écarter de mon passage et me laisser. Ni office ni repas, rien. Je ne désire pas ce luxe chrétien. Je me suis trompé. Je me suis trompé en revenant ici.

Je suis dans mon appartement. Bien enfermé. J'ai posé sur une tablette les deux boîtes de pilules que Zeitsev m'a données avant de partir. Les sœurs Niemi et le curé se relaient à ma porte pour essayer de me convaincre de les accompagner. Ils se heurtent à l'inflexibilité de mon silence. Je regrette sincèrement d'avoir reparlé. Ce fut une faute, une faiblesse de ma part. Je sais désormais que ma place est parmi mes apôtres. Je crois que j'aime la compagnie des anoraks gris, et l'angoisse de Zeitsev. Je ne me suis jamais senti aussi bien qu'en touchant de mes mains ces crânes dérangés et en écoutant ces prières monter dans le froid. Sept fois un sept, sept fois deux quatorze, sept fois trois vingt et un, sept fois quatre vingt-huit, sept fois cinq trente-cinq. Je ne connais pas de plus beau cantique de Noël.

Il fait nuit. Les sœurs et le prêtre ont quitté la maison. Le calme est revenu. Je place mon fauteuil devant la fenêtre, j'allume une cigarette. Je pense à Zeitsev.

Je conduis ma voiture. Je suis en ville la nuit de Noël et je conduis ma voiture sous les illuminations. La circulation est encore dense. Je me demande si Judith sera à l'église, dans la foule des fidèles. Dans ce cas elle communiera, elle s'agenouillera devant le prêtre comme elle le fit en d'autres circonstances et sortira sa grosse langue d'épouse, de mère et de maîtresse. Que ressentira-t-elle vraiment quand les doigts de Winogradov effleureront son muscle humide et rougeâtre ? Qu'a réellement éprouvé Anna quand les flammes ont attaqué sa bouche, ont fait éclater l'émail de ses dents, lorsque sa salive s'est mise à bouillir ?

À la station-service, en payant pour l'essence et le bidon, le pompiste m'a souhaité un joyeux Noël. Je pense qu'il était sincère.

Ma langue est souple. Je crois qu'elle n'a jamais été aussi souple. Pourtant je ne la tendrai pas au prêtre. Elle restera à jamais dans ma bouche avec tous les mots qui vont d'abord y moisir et ensuite y pourrir. Bientôt j'aurai l'haleine de quelqu'un qui ne parle pas.

J'ai rangé le bidon dans la penderie. Il est plein. Je l'ai serré dans la penderie parce que l'odeur de l'essence me dérange.

Ils sont rentrés et ont recommencé leur sarabande à ma porte. Je ne réponds pas. Je ne bouge pas, je suis assis dans le noir et je fume.

Je les entends dîner. Je distingue parfaitement le tintement des verres et le cliquetis des fourchettes. Leurs voix s'affirment au fur et à mesure que le repas avance. J'imagine que cela doit être dû aux effets libérateurs de l'alcool. Ils ne me réclament plus. Ils sont définitivement entre eux, entre chrétiens, entre hommes et femmes.

Je crois que tout le monde s'est endormi.

Je n'ai pas bougé de place depuis le début de la soirée. Aucun effluve ne s'échappe du bidon. Seules les senteurs de mon tabac emplissent la pièce.

Je n'ai pas sommeil. Je pense à la lucidité. Au courage. À la détermination. Je pense au silence qui me lie à Zeitsev et à l'essence qui me rapproche d'Anna.

En ce moment précis, bien des choses dépendent de moi.

DU MÊME AUTEUR

Compte rendu analytique
d'un sentiment désordonné
Fleuve noir, 1984

Éloge du gaucher
Robert Laffont, 1986
et « Points », n° P1842

Tous les matins je me lève
Robert Laffont, 1988
et « Points », n° P118

Maria est morte
Robert Laffont, 1989
et « Points », n° P1486

Les poissons me regardent
Robert Laffont, 1990
et « Points », n° P854

Vous aurez de mes nouvelles
Grand Prix de l'humour noir
Robert Laffont, 1991
et « Points », n° P1487

Parfois je ris tout seul
Robert Laffont, 1992
et « Points », n° P1591

Prends soin de moi
Robert Laffont, 1993
et « Points », n° P315

La vie me fait peur
Seuil, 1994
et « Points », n° P188

Kennedy et moi
prix France Télévisions
Seuil, 1996
et « Points », n° P409

L'Amérique m'inquiète
Éditions de l'Olivier, 1996
Éditions de l'Olivier, coll. « Replay », 2017
et « Points », n° P2105

Je pense à autre chose
Éditions de l'Olivier, 1997
et « Points », n° P583

Si ce livre pouvait me rapprocher de toi
Éditions de l'Olivier, 1999
et « Points », n° P724

Jusque-là tout allait bien en Amérique
Éditions de l'Olivier, 2002
« Petite Bibliothèque de l'Olivier », n° 58, 2003
et « Points », n° P2054

Une vie française
prix Femina
Éditions de l'Olivier, 2004
et « Points », n° P1378

Vous plaisantez, monsieur Tanner
Éditions de l'Olivier, 2006
et « Points », n° P1705

Hommes entre eux
Éditions de l'Olivier, 2007
et « Points », n° P1929

Les Accommodements raisonnables
Éditions de l'Olivier, 2008
et « Points », n° P2221

Palm Springs 1968
(photographies de Robert Doisneau)
Flammarion, 2010

Le Cas Sneijder

prix Alexandre-Vialatte
Éditions de l'Olivier, 2011
et « Points », n° P2876

La Succession

Éditions de l'Olivier, 2016
et « Points », n° P4658

Tous les hommes n'habitent pas
le monde de la même façon

prix Goncourt
Éditions de l'Olivier, 2019

RÉALISATION : IGS-CP À L'ISLE-D'ESPAGNAC
IMPRESSION : CPI FRANCE
DÉPÔT LÉGAL : SEPTEMBRE 2005. N° 83841-7 (2048571)
IMPRIMÉ EN FRANCE